मेरा घर कहाँ है?

मेरा घर कहाँ है?

शकुन्तला ब्रजमोहन

वाणी प्रकाशन

वाणी प्रकाशन
4695, 21-ए, दरियागंज, नयी दिल्ली 110 002
शाखा
अशोक राजपथ, पटना 800 004
फ़ोन : +91 11 23273167 फ़ैक्स : +91 11 23275710
www.vaniprakashan.in
vaniprakashan@gmail.com
sales@vaniprakashan.in

MERA GHAR KAHAN HAI?
by Shakuntla Brajmohan
ISBN : 978-93-5000-178-3
Collection of Short Stories

संस्करण 2010
आवृत्ति 2018

मूल्य : ₹ 250

एम.एस. प्रिंटर्स, दिल्ली-110 093 में मुद्रित

वाणी प्रकाशन का लोगो मक़बूल फ़िदा हुसेन की कूची से

अनुक्रम

जुनून

सुबह के आठ बजे थे। सुरेन्द्रनाथ मेहरा अपना ब्रीफकेस उठाकर ऑफ़िस जाने के लिए तैयार हो गये। उनको ऑफ़िस जल्दी जाना पड़ता था क्योंकि बस से जाने में उन्हें डेढ़ घण्टे से ऊपर लगता था। उन्होंने कमरे का दरवाजा बन्द किया और चल पड़े। सुरेन्द्रनाथ बहुत ही सुन्दर तथा स्मार्ट थे। अपनी उम्र से बहुत कम लगते थे। उनकी इसी सुन्दर पर्सनैलिटी के कारण उनका गृहस्थ जीवन सुखी नहीं था। वह बहुत ही मृदु स्वभाव के थे। कभी किसी से उनका झगड़ा नहीं होता था। कोई उनको कटु वचन भी कहता तो वह उलटकर कभी उत्तर नहीं देते थे। उनके मित्रों की संख्या नाममात्र को थी। इसका कारण उनकी पत्नी थी। वह न तो किसी से मेलजोल रखती और न ही सुरेन्द्रनाथ को रखने देती थी। इनके एक बेटी थी—तनूजा। रंग-रूप में सुरेन्द्रनाथ पर थी। उसका बचपन क्रैच में बीता था। माँ-बाप का प्यार उसे बचपन से जवानी तक कभी नहीं मिला। इसका कारण उसकी माँ मालती थी। मालती मामूली रूप-रंग की थी। पति की सुन्दरता के कारण वह हमेशा हीन भावना से ग्रसित रहती थी। अपने शक्की स्वभाव के कारण वह सुरेन्द्रनाथ से हमेशा झगड़ती रहती थी। घर में पेपर नहीं आ सकता था क्योंकि उसमें स्त्रियों की तस्वीर होती थीं। सुरेन्द्रनाथ खबरें पढ़ने को तरस जाते थे। एक दिन वह चुपचाप एक पेपर ले आये। शाम हो रही थी वह खबरें पढ़ रहे थे। समय कब बीत गया, इसका उन्हें पता ही नहीं चला। मालती की आवाज सुन उन्होंने पेपर सड़क पर फेंक दिया। मालती देवी को शक हो गया। वह चीखकर बोली, तुम पेपर क्यों पढ़ रहे थे। मैंने पेपर लाने को मना किया था न? वह झगड़े से बचने के लिए झूठ बोल गये कि उन्होंने पेपर नहीं खरीदा है पर मालती देवी को विश्वास नहीं हुआ। वह रात के दस बजे सड़क पर पेपर खोजने निकल गयी। भाग्य की बात थी कि नया पेपर देख कोई उड़ाकर ले गया। वह खाली हाथ लौटी।

टेलीविज़न घर में था पर सुरेन्द्रनाथ उसे चला नहीं सकते थे। मालती देवी का विश्वास था कि उसमें स्त्रियों के अश्लील चित्र होते हैं। उन्हें ऐसा लगता था जैसे

सुरेन्द्रनाथ सोलह-सत्रह साल के नवयुवक हों। पहले सुरेन्द्रनाथ मालती देवी को उनके ऑफिस में छोड़कर जाते थे। उस समय वह स्वयं अपनी गाड़ी चलाते थे। रास्ते में स्त्रियों और लड़कियों का मिलना स्वाभाविक था। किसी लड़की को जो आधुनिक कपड़ों में दिखाई देती तो मालती देवी चलती गाड़ी में उन्हें फटकारती और कहती, "तुम उस लड़की को देख रहे थे।" वह मृदुवाणी में बोलते, "मालती! अगर मैं इधर-उधर देखूँगा तो गाड़ी कैसे चलाऊँगा।" मालती देवी को गुस्सा आ जाता। वह चलती गाड़ी का दरवाज़ा खोलकर उतरने का प्रयत्न करती। गाड़ी में रखे सभी काग़ज़ उड़कर सड़क पर आ जाते। डर के मारे सुरेन्द्रनाथ गाड़ी रोक देते। वह गाड़ी से उतरकर थ्री व्हीलर पर बैठकर घर आ जाती। सुरेन्द्रनाथ उससे इतना क्यों दबते थे, इसका भी कारण था। उसने सुरेन्द्रनाथ से कह रखा था कि अगर मैंने आत्महत्या कर ली तो मैं यह लिखकर जाऊँगी कि तुमने मेरी हत्या की है। डर के मारे सुरेन्द्रनाथ दबते रहते थे और मालती देवी शेर होती जाती थी। छोटी-सी बात पर मालती देवी घर से निकल जाती तब रात तक सुरेन्द्रनाथ उसे खोजते रहते। एक दिन नौकरानी से उन्होंने दूध लाने के लिए बर्तन माँगा। जैसे ही मालती देवी ने देखा, वह गुस्से के मारे घर से निकलकर भागने लगी। बड़ी मुश्किल से उन्हें समझा-बुझाकर सुरेन्द्रनाथ घर लाये। इस प्रकार के छोटे-मोटे किस्से आये दिन होते। एक दिन तो गुस्से में मालती देवी ने ट्रांजिस्टर उठाकर सुरेन्द्रनाथ को मारने के लिए फेंका। भाग्य से वह बच गये वरना उनका सिर फट जाता।

अठारह साल की उम्र में मालती देवी का विवाह सुरेन्द्रनाथ से हुआ था। वह उस समय इण्टरमीडिएट पास कर चुकी थी। पढ़ने के प्रति उनकी उत्कट इच्छा देख सुरेन्द्रनाथ ने उन्हें पीएच.डी. तक कराकर नौकरी भी दिलवा दी। नौकरी पाते ही उनका दिमाग सातवें आसमान पर चढ़ गया। वह अपने सामने किसी को गिनती ही नहीं थी। गृहस्थी और बेटी के प्रति वह पूरी तरह लापरवाह होती गयी। बेटी को क्रैच में डाल और उसको लाने-पहुँचाने के सभी काम पति पर सौंप वह अपनी नौकरी में लग गयी। अपना कैरियर बनाने के चक्कर में उन्होंने अपना गृहस्थ जीवन चौपट कर दिया। सुरेन्द्रनाथ बेटी को क्रैच से घर लाते, उसे खाना बनाकर खिलाते। यह सब करने के लिए उनका ऑफिस छूट जाता। आये दिन उन्हें ऑफिस से गायब देख उनका प्रमोशन रुक गया। मालती देवी को खुशी हुई कि उनका प्रमोशन रुक गया था। उन्हें बड़ा धक्का लगा। उनका बड़ा भाई बहुत ऊँचे पद पर था उनकी कोशिश से उनको प्रमोशन मिल गया।

ऊँचा पद पाने के लालच में मालती देवी रात को काफी देर तक ऑफिस में काम करती। अपनी बेटी तथा गृहस्थी के प्रति लापरवाह रहकर उन्हें काफी ऊँचा

पद मिल गया पर उनकी लालसा कम नहीं हुई थी। वह सबसे ऊँचा पद पाने के लिए जी-तोड़ मेहनत करती। रात दस-ग्यारह बज जाते। न तो उन्हें पति की चिन्ता होती, न ही बेटी की। पति सुबह तो ऑफिस में खाना मँगवाकर खा लेते पर रात उन्हें भूखा ही सोना पड़ता।

बेटी जब बड़ी हुई तो सुरेन्द्रनाथ को चिन्ता हुई कि उसे अकेले घर में कैसे छोड़ें। उसी समय उनके ससुर का नौकरी से रिटायरमेण्ट हो गया। उनकी पत्नी काम करती थी। उसके चार वर्ष रिटायरमेण्ट को रह गये थे। मालती देवी ने पिता को पत्र लिखकर बुलवा लिया। वे बड़ी खुशी-खुशी रहने को आ गये। मालती देवी की माता जी छुट्टी लेकर बीच-बीच में आती रहती थी। शुरू में सुरेन्द्रनाथ के ससुर ने उन्हें इतना प्यार दिया कि सुरेन्द्रनाथ अपने माता-पिता, भाई-भाभी सभी को भूल गये। ससुर जैसे कहते वह वैसा ही करते थे। धीरे-धीरे करके ससुर ने माता-पिता से इनका नाता करीब-करीब खत्म कर दिया। सुरेन्द्रनाथ हर समय पिता की बुराई करते कि उन्हें आर्थिक सहायता नहीं दी जबकि सुरेन्द्रनाथ के पिता आर्थिक तंगी में रहते थे। उन्होंने दोनों बेटों को ऊँची शिक्षा दी उनके विवाह किये। एक घर भी बनवाया। ऐसे में उनके पास बेटों को आर्थिक सहायता देना मुश्किल था। उन्होंने उन्हें नौकरी भी दिलवा दी थी। बड़ा बेटा सम्पन्न था, उसकी पत्नी सुचारु रूप से गृहस्थी चला रही थी। वह पढ़ी-लिखी थी पर बड़ा बेटा नौकरी के पक्ष में नहीं था। उनके दो बेटियाँ थीं। दोनों को माता-पिता का भरपूर प्यार मिला था। दोनों बेटियाँ ऊँचे पदों पर थीं। इसके विपरीत सुरेन्द्रनाथ की बेटी तनूजा बचपन से माता-पिता को झगड़ते देखती थी। तनूजा के नाना उसे कॉलेज भेजने के पक्ष में नहीं थे। वह उसे घर में पढ़ाकर प्राइवेट इम्तिहान देने के पक्ष में थे। वह चूँकि प्रोफेसर रह चुके थे इस कारण वह उसे रात को दो बजे तक पढ़ाते थे। बेचारी तनूजा थक जाती थी पर वह उसे डाँट कर पढ़ाते थे। एक बार तो अपनी एक किताब उन्होंने उसे कम्प्यूटर पर लिखने को दी इतना काम करते-करते उसकी आँखें चौपट हो गयी थीं। उसके दिमाग पर इतना जोर पड़ने लगा कि वह चिड़चिड़ी हो गयी।

तनूजा को एक तरह से कैद कर दिया गया था। कभी वह आँगन में खड़ी हो जाती तो नाना आकर खड़े हो जाते। वह कहते, सामने पड़ोस का लड़का खड़ा तुम्हें घूर रहा है और तुम बाहर खड़ी हो। फिर वह पड़ोस के लड़के को डाँटते। वह भी ढीठ होकर कहता अपने घर में भी मैं न रहूँ तो कहाँ रहूँ। तुम अपनी पोती को कमरे में बन्द करके रख क्यों नहीं देते। आये दिन नाना की पड़ोसियों से झड़प हो जाती। तनूजा बेचारी एक कमरे में बैठे-बैठे दुःखी हो जाती। नाना को उत्तर देने में उसे संकोच होता था। आस-पड़ोस में तनूजा को जाने की आज्ञा नहीं थी। माँ अपने

ऑफिस के कार्यों में व्यस्त रहती और पिता अपने ऑफिस में। तनूजा के बारे में पिता सुरेन्द्रनाथ कभी पक्ष लेते तो सुरेन्द्रनाथ के ससुर उन्हीं को डाँट देते।

बेटी को दुःखी देख आखिर सुरेन्द्रनाथ ने ससुर तथा पत्नी से मोर्चा लेने की ठानी। उन्होंने बेटी से कहा, मैं तुम्हें घुमाने ले जाऊँगा। जो बातें तुम्हें समझ में न आयें तुम मुझसे पूछ सकती हो। मैं ही अब तुम्हारी माता तथा पिता दोनों हूँ। कुछ बातें तनूजा माँ से पूछती तो वह डाँटकर कहती, ऐसे वाहियात प्रश्न मत पूछा करो। शाम को ऑफिस से लौटने पर सुरेन्द्रनाथ बेटी के संग घूमने जाने लगे। यह देख पत्नी तथा सास-ससुर का पारा चढ़ने लगा और एक दिन मालती सास से झगड़ने उनके घर पहुँच गयी। सास की हालत खराब चल रही थी। सुरेन्द्रनाथ को गुस्सा आ गया। उन्होंने मालती से कहा, अगर तुमने मेरी माँ से कुछ उल्टा-सीधा कहा तो मैं तुमसे समझ लूँगा। सुरेन्द्रनाथ की माता से मालती ने उनकी काफी बुराई की। बड़े ही शान्त स्वर में उनकी माता ने कहा, बेटी! अगर तुमने तनूजा को कलेजे से लगा कर रखा होता तो आज तुम मेरे पास नहीं आती। तनूजा बेचारी को आप लोगों ने कैद कर रखा है। उसे किसी से बोलने या कहीं जाने की छूट नहीं है। नाना अगर उसे कुछ सामान दिलाने ले भी जाते हैं तो उसे दुकान के बाहर खड़ा करके दुकानदार से स्वयं बातें करके सामान लेकर आते हैं। उसे इतनी भी छूट नहीं रहती कि वह दुकान में स्वयं जाकर अपने पसन्द का सामान खरीद सके। जिम में पहुँचाने और खत्म होने तक उसे ले जाने तक स्वयं वहीं बैठे रहते। लड़के तथा लड़कियाँ तनूजा की हँसी उड़ाते, वह रो पड़ती और कहती, नाना! आप बाहर बैठे क्यों नहीं रहते सभी मेरी हँसी उड़ाते हैं। नाना डाँटकर कहते, अगर जिम में जाना है तो मेरे मुताबिक चलना होगा।

पिता सुरेन्द्रनाथ चाहते थे कि तनूजा को कोई नौकरी दिलवा दें ताकि वह घर से बाहर निकल सके। एक साल की ट्रेनिंग के बाद वह नौकरी उसे मिल जाती। चूँकि वह एम.ए. कर चुकी थी इसलिए कोई कठिनाई भी नहीं होती पर मालती तथा उसके पिता ने साफ मना कर दिया।

तनूजा की शादी के लिए नाना काफी कोशिश कर रहे थे पर उनकी कुछ शर्तें थीं जिसके कारण कोई लड़का विवाह के लिए राजी नहीं होता था। पहली शर्त यह थी कि लड़के के माता-पिता अलग रहेंगे। लड़का रईस तथा सुन्दर होना चाहिए। कौन बेटा चाहेगा की उसको अपने माता-पिता को छोड़कर विवाह करना पड़ेगा। पाँच साल से वे कोशिश कर रहे थे पर वह नहीं मिल रहा था।

एक दिन अकेले, कमरे में बैठी-बैठी तनूजा के कमरे से चीखने की आवाजें आने लगी। माता-पिता तो घर में थे नहीं, और नाना-नानी ने ध्यान नहीं दिया। पड़ोस में एक लड़की ने जब तनूजा को चीखते देखा तो उसकी माँ मालती को फोन

कर दिया। इस बीच तनूजा चीखती-चीखती सड़क पर आ गयी। वह चीख-चीखकर कह रही थी। मुझे ऐसे माता-पिता के साथ नहीं रहना है। मैं मरना चाहती हूँ और वह एक कार के आगे कूद पड़ी। वह चीख-चीखकर माँ-बाप को कोस रही थी। तमाम भीड़ इकट्ठी हो गयी। इसी बीच में मालती आधे रास्ते से लौटकर आ गयी। उसने तनूजा को प्यार से घर चलने को कहा पर उसने कहा, तुम मौज करो। मैं मरकर तुम्हें और भी छूट देती हूँ। बड़ी मुश्किल से शान्त करके मालती उसे घर ले आयी। घर पहुँचने पर उसने सुरेन्द्रनाथ को फोन पर घर आने को कहा पर बहुत जरूरी मीटिंग होने पर उन्होंने कहा वह जल्द-से-जल्द घर पहुँच जायेंगे।

मालती तथा सुरेन्द्रनाथ ने एक बड़े मनोचिकित्सक को घर बुलाया। उन्होंने कहा "आपकी बेटी को कोई बड़ा धक्का लगा है। अभी तो दवा देकर इसे सुला दूँगा फिर आप लोगों से विस्तार से बातें करूँगा।" दवा खाकर तनूजा चौबीस घण्टे सोती रही। डॉक्टर ने कहा, "आप दोनों को इसके संग बहुत प्यार से बातें करनी है और इसे अकेला नहीं छोड़ना है। अगर अब इसके दिमाग को कोई झटका लगा तो यह पागल भी हो सकती है। आप दोनों ही इसके पास रहियेगा। वर्षों अकेलापन झेलते-झेलते इसकी यह हालत हो गयी है। लगता है अपनी नौकरी में आप दोनों इतने डूब गये कि यह भूल गये कि आपके एक बेटी भी है जो अकेली बैठी है। अभी तो मैं दवा लिख रहा हूँ। बस, इसे सोने दीजिये और यह जो कहे, उसे मान लीजिये। आप दोनों कुछ दिनों के लिए ऑफिस से छुट्टी ले लीजियेगा।"

सुरेन्द्रनाथ तथा मालती देवी ने छुट्टी ले ली। चार दिन बाद मालती देवी ने सुरेन्द्रनाथ से कहा, तुम पन्द्रह दिन की छुट्टी ले लो। मुझे ऑफिस में जरूरी काम है। सुरेन्द्रनाथ ने कहा मालती इस समय तुम भी छुट्टी ले लो। देखो हम दोनों के रहने पर तनूजा कितनी खुश है पर मालती देवी अकड़कर बोली, तुम अकेले बेटी को सँभाल नहीं सकते। दो-दो आदमियों को छुट्टी लेने की क्या जरूरत है। हार कर सुरेन्द्रनाथ चुप होकर बैठ गये।

दस साल से एक छत के नीचे रहने पर भी मालती देवी तथा सुरेन्द्रनाथ से बोलचाल बन्द थी। मालती देवी को तब भी चैन नहीं था। वह बेटी से सुरेन्द्रनाथ की खूब बुराई करती। वह कहती, वह मरकर भूत बनेगा। वह मर जाये तो मेरी जान छूटे। तनूजा कहती—मम्मी-पापा तो कभी आपको अपशब्द नहीं कहते। जब से मैंने होश सँभाला है, तुम्हें पापा से लड़ते पाया है। आखिर पापा से चाहती क्या हो। क्या दिया है पापा ने तुम्हारे पूरे शौक तो मैं पूरा करती हूँ। वह तो कौड़ी भी खर्च नहीं करते। तनूजा भी तेज होकर बोलती, पूरा पैसा तो तुम उनका ले चुकी हो। मकान तक अपने नाम करा चुकी हो जब कि पैसा पापा का था। इस पर भी पापा कुछ नहीं बोले।

नानी से तनूजा की जरा नहीं पटती थी। नाना तो बोलकर दिल की भड़ास निकाल लेते थे, पर नानी बोलती नहीं थी पर आँखों के आगे पुस्तक रखकर पढ़ने का ढोंग करती थी पर मालती को वही पट्टी पढ़ाती रहती थी। तनूजा के शब्दों में, वह चालाक लोमड़ी थी।

बेटी तनूजा पागल होते-होते बच गयी थी। अब भी डॉक्टर के शब्दों में वह खतरे से बाहर नहीं थी। उसके माता-पिता को उसके पास बैठे रहकर उसको यह दर्शाना चाहिए कि उन दोनों में मेल हो गया है। वरना अगर अकेला तनूजा को छोड़ देंगे तो वह पहले वाली स्थिति में पहुँच सकती है। तब उसको ठीक करना कठिन हो जायेगा। सुरेन्द्रनाथ बेटी के पास ही बैठे रहते थे। वह उसे खुश देखना चाहते थे। जब भी तीनों संग बैठते। मालती देवी अपनी पुरानी आदत पर आ जाती। सुरेन्द्रनाथ जब यह देखते तो वह उठकर बाहर निकल जाते। तीन दिन वह बैठे रहे और मालती देवी की गालियाँ सुनते रहे तो उनका ब्लडप्रेशर बढ़ गया तब से वह बाहर निकल जाते। तनूजा रोकर कहती, मम्मी! तुम अपनी आदत कब छोड़ोगी। पापा तो आपकी गालियाँ सुनकर आपको उत्तर तक नहीं देते। आप ही झगड़ती रहती हैं। मैं चाहती हूँ हम तीनों हँसी-मजाक की बातें करें। संग-संग घूमने जायें पर आप तो अपनी कड़वी बातों से माहौल बिगाड़ देती हैं। मैंने कभी आपको पापा से सीधे मुँह बात करते तक सुना नहीं। पापा की क्या बात आपको अच्छी नहीं लगती आप बताओ तो सही। मुझे पूर्ण विश्वास है आप जो चाहेंगी पापा अपने को बदलने की कोशिश कर लेंगे। मालती देवी कुढ़कर कहती, "बड़ी पापा की चमची बनी है! तेरे पापा में कौन-सी अच्छी बातें हैं जो बताऊँ? सब खराब-ही खराब आदतें हैं। क्या क्या ठीक कराऊँगी।

बेटी की बीमारी को मानते हुए और डॉक्टर के चेतावनी देने पर भी मालती देवी अपनी आदतें नहीं छोड़ पायी। हर तीसरे दिन डॉक्टर उन्हें बुलाता और तनूजा द्वारा माँ की बातें सुनकर एक दिन वह बोला, "श्रीमती मेहरा! आपकी बेटी से ज्यादा आपकी दवा होनी चाहिए। आपके बारे में सुनकर मैं आपको चेतावनी देता हूँ कि आप अपनी आदतें छोड़िये वरना कहीं बेटी जैसी बीमारी आपको न हो जाये। मेरी बातों को गम्भीरता से लीजिये।" मालती देवी का माथा सातवें आसमान पर चढ़ गया वह बिगड़कर बोली, "डॉक्टर! सीख अपने पास रखो। तुम्हारा कहना है मैं पागल हो सकती हूँ। अभी तक तो तुम मेरी बेटी को पागल होने की चेतावनी दे रहे हो। अब मुझे और इसके बाद मेरे पति को? वाह डॉक्टर! मेरे पूरे परिवार को अब आपने पागल बनाने का शायद ठेका ले लिया है। हर बार तो मैं आपको तगड़ी फीस देती हूँ यही सब सुनने के लिए आप अपनी सीख रहने दीजिये। आपकी बातें सुनकर हम पागल न भी होते होंगे तो हो जायेंगे।"

अपनी आदतों के कारण मालती देवी ने इतने प्रसिद्ध डॉक्टर को भी नहीं छोड़ा। डॉक्टर को गुस्सा आ गया वह बोला, "आप अपनी फीस अपने पास रखिये। अब अपनी बेटी को लेकर मेरे पास मत आइयेगा।" मालती देवी ने बेटी का हाथ पकड़ा और गुस्से में बड़बड़ाती हुई वह उसके क्लीनिक से निकल आयी।

दो-तीन दिन तो मालती देवी थोड़ा शान्त रही, फिर वह अपनी पुरानी आदत पर आ गयी। वह चीख-चीखकर सुरेन्द्रनाथ से बोली, "तुमसे दो-चार काम कहे थे उन्हें क्यों नहीं किया। तुम निकम्मे हो बस पकी पकाई रोटियाँ खाना जानते हो।"

सुरेन्द्रनाथ बोले, "तुम क्या काम करती हो। तनूजा को नाश्ता देना फलों का रस निकालकर कई-कई बार देता हूँ। बाज़ार से सभी सामान खरीदकर लाता हूँ तुम तो बैठी-बैठी हुकुम चलाती हो।" मालती देवी ने सुरेन्द्रनाथ की इस प्रकार की बातें नहीं सुनी थी। उन्होंने पास रखी मिक्सी उन्हें खींचकर दे मारी। सुरेन्द्रनाथ किसी प्रकार बच गये। उन्हें गुस्सा आ गया। वह बोले, "पागल औरत तुझे घर में न रहकर पागलखाने में होना चाहिए।" सुरेन्द्रनाथ की बातें सुनकर मालती देवी का ब्लडप्रेशर बहुत ज्यादा बढ़ गया। वह वहीं गिर पड़ी। डॉक्टर ने देखकर कहा उनको लकवा मार सकता है और यह भी हो सकता है कि यह पागल हो जाये। तनूजा रोती-रोती पिता से लिपटकर बोली, "पापा! मम्मी ठीक तो हो जायेगी न।" सुरेन्द्रनाथ दुःखी स्वर में बोले, "बेटी कुछ नहीं कह सकते। होश आने पर ही पता चल सकता है। चौबीस घण्टे बाद मालती देवी को होश आया पर तब वह पूरी तरह पागल हो चुकी थी। बड़ी मुश्किल से उन्हें पकड़कर पागलखाने ले जाया गया। माँ की ऐसी हालत देख तनूजा का मानसिक सन्तुलन बिगड़ गया। वह भी 'मम्मी-मम्मी' कहती भागी। सुरेन्द्रनाथ माथा पकड़कर बैठ गये। पड़ोसियों ने उसी मानसिक चिकित्सक को बुलाया जिसने तनूजा का पहले इलाज किया था। उसने कहा, "मैंने पहले ही कह दिया था कि अगर कोई दूसरा झटका इसको लगेगा तो यह पागल हो सकती है, वही हुआ। यह भी पागल हो गयी है।"

अपना कैरियर बनाने के चक्कर में मालती देवी ने अपनी गृहस्थी, बेटी, पति—सभी को छोड़ दिया था। अपना कैरियर बनाने का उन्हें जुनून सवार हो गया था। तेज़ गुस्सा और इस जुनून से उन्होंने अपने हाथों अपनी गृहस्थी में आग लगा दी थी। इस आग ने बेटी को भी जला दिया था। पति तथा बेटी ने उनको सुधारने का बहुत प्रयत्न किया पर असफल रहे।

दोनों हाथों से मुँह छुपाकर रोते हुए सुरेन्द्रनाथ के मुँह से निकला, "लोगों की रातें अँधेरी होती हैं पर मेरा तो रात-दिन दोनों ही अँधेरे हो गये।"

अकेलेपन की त्रासदी

जिस कोठी में कभी हँसी का स्वर गूँजता था, पापा तथा मम्मा के संग बैठकर हम तीनों गपास्टक करते थे। जहाँ मम्मा जैसी स्नेहमयी माँ तथा प्यार करने वाले पापा हों, वहाँ मुझ जैसा भाग्यवान कौन हो सकता है? इस सुखद जीवन में यकायक ऐसा झंझावत आया जिसने सब तहस-नहस कर दिया। मम्मा की मौत ने हमें तोड़कर रख दिया था। मम्मा का पार्थिव शरीर आँगन में रखा था, वातावरण की निस्तब्धता में रुदन का स्वर गूँज रहा था।

वातावरण में रुदन का स्वर गहरा रहा था। सफेद कुर्ते-पैजामे में पुरुष वर्ग तथा सफेद साड़ियों में स्त्रियाँ बैठी हुई थीं। कमरा मरघट जैसे सन्नाटे में तब्दील हो गया था। धीरे-धीरे करके सभी परिचित जाने लगे थे। मेरे पापा सफेद कुर्ते-पैजामे में निरीह प्राणी की तरह गर्दन नीची करके बैठे थे। उनकी दशा देख मेरा मन रो उठा। मैंने चाय का गिलास उन्हें पकड़ाते हुए कहा, "पापा! चाय पी लीजिये।" पापा कुछ बोले नहीं। उनकी शक्ल देख, मैं धक से रह गयी। ऐसा लग रहा था कि जैसे किसी ने उनका खून चूस लिया हो। वह उठे और बिना कुछ बोले अपने कमरे में चले गये। मैं पीछे-पीछे कमरे में आ गयी। उनका हाथ प्यार से पकड़ते हुए मैंने कहा, "पापा! धीरज धरिये, विधि का लिखा कौन मिटा सकता है।" उनकी आँखों से अविरल आँसू बहने लगे। वह बोले तेरी मम्मी के बिना मैं कैसे रह पाऊँगा। भगवान ने मुझे क्यों नहीं उठा लिया। लोग ठीक कहते हैं। भगवान भी उन्हीं लोगों को पास बुलाता है जो प्रिय होते हैं। विवाह के तीस वर्ष हमने इकट्ठे व्यतीत किये थे। वह सुखद क्षण क्या भुलाये जा सकते हैं। यह सूना घर मुझे काटने को दौड़ेगा। तेरी माँ के बिना मैं कैसे रह पाऊँगा। यह कहते-कहते पापा संज्ञा-शून्य होकर रह गये।

किसे पता था कि मम्मी इस उम्र में पापा को अकेला छोड़कर इस संसार से प्रस्थान कर जायेगी। मेरी छोटी बहन जो अमेरिका में थी, उसे मैंने खबर कर दी पर समयाभाव के कारण वह आ नहीं पायी। मेरे पति राकेश से मैंने कहा, "पापा को

अकेले कैसे छोड़ें, वह कभी अकेले नहीं रहे हैं। उनको तो घर-गृहस्थी के बारे में कुछ भी पता ही नहीं है। चाय तक तो वह बना नहीं सकते। माना हम नौकरानी रख देंगे, पर अगर वह न आ पायी तो पापा भूखे रह जायेंगे। बाजार का खाना उन्होंने कभी खाया नहीं है। ऐसी स्थिति में समझ में कुछ आ नहीं रहा है।

मैंने पापा से बहुत कहा कि वह हमारे संग चलकर रहें पर वह किसी प्रकार राजी नहीं हुए। वह बोले, "बेटी! मैं रह लूँगा। अगर परेशानी हुई तो तुम्हें खबर कर दूँगा।" हारकर हमें पापा को अकेला छोड़कर जाना पड़ा, पर जाने से पहले अपने भरसक सभी इन्तजाम मैंने कर दिये। एक महराजिन को समझा-बुझाकर तथा पापा को ढांढस देकर मैं अपने पति के संग लौट आयी। हम रोज पापा को फोन करके हालचाल ले लेते थे। पापा के पत्रों और टेलीफोन से पता चलता था कि सब कुछ ठीक चल रहा है। हम पति-पत्नी निश्चिन्त होकर अपनी नौकरियों में व्यस्त हो गये। मेरे पति राकेश तथा मैंने तय किया कि कुछ छुट्टी लेकर पापा से मिल लें तथा कोशिश करके उन्हें अपने संग रहने को ले आयें, पर इसी बीच हमारे पड़ौसी का फोन आया कि पापा सीढ़ियों से गिर पड़े हैं और उन्हें काफी चोट आयी है। उन्हें अस्पताल में भर्ती करा दिया गया है। हम दोनों बदहवास होकर फौरन चल पड़े। अस्पताल में पापा की दशा देखकर मेरी आँखों से झरझर आँसू बहने लगे। सफेद चादर में लिपटे पापा का शरीर आधा रह गया था। शरीर में लगता था किसी ने खून चूस लिया हो। मैं रोती-रोती बोली, "पापा! आपकी यह हालत हो गयी और आपने हमें खबर भी नहीं की, क्या मैं अब इतनी परायी हो गयी?" पापा मेरे सिर पर हाथ फेरते हुए बोले, "अरे पगली, तू आ गयी है। कुछ दिन में मैं ठीक हो जाऊँगा।"

पापा को चोट काफी आयी थी पर हड्डी नहीं टूटी थी। इस कारण डॉक्टर ने जल्दी छुट्टी दे दी। घर की हालत देख मैं दुःखी हो गयी। लगता था वर्षों से इस घर में कोई रहता न हो। जगह-जगह मकड़ी के जालों ने अपना घर बना लिया था। मम्मी के समय घर कितना चमकता रहता था। मम्मी एक कुशल गृहिणी थी। पापा ने कभी जाना ही नहीं कि गृहस्थी मम्मी कैसे चलाती है। मम्मी कभी हँसकर कहती थी कि जरा गृहस्थी के बारे में भी दिलचस्पी लिया करो तो पापा हँसकर कहते, "तुम तो हो। तुम्हारे रहते मैं क्यों इस जंजाल में फँसूँ। मम्मी मुस्करा देती। फिर कहती, मैं नहीं रहूँगी तो कैसे रहोगे। पापा कहते, ऐसा हो ही नहीं सकता। पहले मैं जाऊँगा। मम्मी अपनी हथेली को उनके मुख पर रखकर कहती ऐसी बात अब मुँह से मत निकालना वरना मैं तुमसे बोलना छोड़ दूँगी। इस प्रकार हमारी यह खुशहाल जिन्दगी चल रही थी पर मम्मी की मौत से हमारी खुशहाल जिन्दगी में वज्रपात हो गया। ऐसा लगता, पापा अन्दर-ही-अन्दर घुट रहे हैं। वह मुँह से कुछ

नहीं कहते पर उनकी आँखों में मूक रुदन देख मेरा मन रो उठता। मैं पापा का दुख कैसे बाँटूँ, समझ में नहीं आता था। मैंने कहा, "पापा, इतने दिन मैंने आपकी बात मानकर आपको अकेले छोड़ दिया था पर अब आपको मेरी बात माननी होगी। आपको हमारे संग चलना होगा वरना मैं यही रह जाऊँगी चाहे मुझे अपनी गृहस्थी छोड़नी क्यों न पड़े?" हारकर पापा को हमारे संग चलना पड़ा। घर पहुँचकर मैंने पापा के कमरे में सभी जरूरी सामान की व्यवस्था कर दी ताकि उन्हें कोई कष्ट न हो। नौकरानी को कड़ा निर्देश था कि पापा को कोई चीज की जरूरत हो तो वह उन्हें दे दे। सभी ठीक से इन्तजाम कर हम पति-पत्नी ऑफिस जाने लगे। शाम को मैं कोशिश करके जल्दी ही लौट आती थी कि पापा को अकेलापन न खले। कभी-कभी पापा को अकेले में रोता देख मेरा मन रो उठता था। पापा को ऐसी स्थिति में देख मुझे लगता था कि वृद्धावस्था एक मूक रुदन है। जो लोग इस दौर से गुजर रहे हैं, वही जानते हैं इस अकेलेपन का दर्द। यह प्राणी अपनी व्यथा किसे सुनाये। कौन उसका अकेलापन बाँट सकता है? सच पूछा जाये तो पति या पत्नी के न रहने पर पल-पल काटना मुश्किल हो जाता है। ऐसी अवस्था में एक हमसफर हो तो इस अकेलेपन से थोड़ा छुटकारा मिल सकता है पर इस उम्र में फिर से विवाह करने की हिम्मत कौन कर सकता है जो लोग हिम्मत करते भी हैं वह हँसी के पात्र बन जाते हैं। सभी बातों को विचार कर मैं पापा से विवाह करने के लिए, कहने की हिम्मत नहीं जुटा पायी।

एक दिन मैं पापा से बातें कर रही थी तो पड़ोस की मिसेज गुप्ता आयी। मिसेज गुप्ता हमारे हर दुःख में सहायता करती आयी थी। मैंने पापा से उनका परिचय करा के कहा, "पापा यह श्रीमती गुप्ता हैं। यह मुझे बेटी जैसा प्यार करती हैं। जब भी कोई तकलीफ हमें होती है, ये हमारी सहायता करती हैं। जब भी हमें अच्छा भोजन खाना होता, बस यही हमें बनाकर खिलाती हैं। शाम-सुबह यह टहलने जाती हैं, आप भी घूम आया कीजिये। घर में बैठे-बैठे आपका मन ऊब जाता होगा।" श्रीमती गुप्ता ने उत्साह से कहा कि सिंह मेरा रास्ता भी आराम से कट जायेगा। वैसे अभी तक मुझे कोई मित्र नहीं मिला। जो मिला, वह मुझे पसन्द नहीं आया। आपको देखकर तथा बातें करके मुझे लगा कि आप मेरे मित्र बन सकते हैं। मेरी बातें सुनकर शायद आपको आश्चर्य हो सकता है कि पहली मुलाकात में मैं आपसे कैसे खुल गयी पर यह मैं खुद भी नहीं बता सकती। सच पूछा जाये तो वृद्धावस्था बिना किसी अच्छे मित्र के काटना बड़ा कष्टदायक होता है। मेरे पति की मृत्यु आठ वर्ष पहले हो चुकी थी। इन आठ वर्षों में अकेलेपन का जो मानसिक कष्ट मैंने झेला है और झेल रही हूँ वह आप भी शायद झेल रहे होंगे। तन तथा मन से टूटी जिन्दगी कट

नहीं रही है। एक मेरा बेटा है वह अमेरिका में रहता है। उसे हिन्दुस्तान आकर मुझसे मिलने की इच्छा नहीं करती। आडम्बरपूर्ण जीवन जीना मुझे पसन्द नहीं है। मेरे पति बड़े ही सरल स्वभाव के थे। उनके संग व्यतीत किये समय को भूलना मुश्किल है। उनकी मौत के बाद मैं पागल-सी हो गयी थी पर धीरे-धीरे मैं अपने को सँभाल रही हूँ। कभी-कभी अकेले में चीख-चीखकर रोती हूँ पर मेरे आँसू पोंछने वाला कोई नहीं होता, यह कहते-कहते श्रीमती गुप्ता की आँखों से टपाटप आँसू गिरने लगे। वर्षों से दबी पीड़ा जैसे बाँध तोड़कर आँखों द्वारा गिरने लगी। मैंने तथा पापा ने इस बाँध को रोका नहीं। थोड़ी देर रोने के बाद जब उन्हें होश आया, वह अपनी कमजोरी पर शर्म से मर गयी। इतने वर्षों से हमने उन्हें कभी इस प्रकार दुःखी होकर रोते नहीं देखा था। पापा के बारे में मैं उन्हें पहले सब कुछ बता चुकी थी शायद इस कारण कि एक भुक्तभोगी ही उनकी व्यथा तथा अकेलेपन का दर्द समझ सकता है। शायद इस कारण वह अपने को रोक नहीं पायी थी।

कुछ देर बैठने के बाद श्रीमती गुप्ता बोली, "माफ कीजियेगा, मैंने आप सबके अच्छे-खासे समय को खराब कर दिया। क्या करूँ, आज न जाने कैसे मेरे सब्र का बाँध टूट गया?" यह कहते-कहते शर्म से उनका मुँह लाल हो गया।

पापा को शायद अपने अकेलेपन का दुःख ताजा हो गया। वह बोले, "श्रीमती गुप्ता, आपका दर्द मेरा दर्द भी है। मैं भी उसी दौर से गुजर रहा हूँ जिससे आप गुजर रही हैं। पर हम कर क्या सकते हैं। यह स्थिति तो सभी लोगों की हो सकती है। न कोई संग आया है, न जायेगा। अकेलापन तो चाहे स्त्री हो चाहे पुरुष का, उनको झेलना ही पड़ेगा।" थोड़ी सुस्थिर होने पर श्रीमती गुप्ता मुझसे बोली, "चलो बेटी आज तुम्हारी रसोईघर में चलकर कुछ बनाते हैं। जीवन की यह गाड़ी तो हमेशा इसी प्रकार चलेगी। दुःख करने से कुछ हासिल नहीं होगा। कुछ दूसरी बातें करेंगे और चाय-नाश्ते का आनन्द लेंगे। अगर रोते रहे या दुःख मनाते रहे तो भगवान भी नाराज हो सकते हैं। सुख के दिन भी हमने जीये हैं। अब दुःख को भी झेलने पर हमें रोना नहीं चाहिए। आपका बेटा है, मेरी बेटी है। यह क्या कम सुख है। किसी के तो कोई भी नहीं होता, वह भी तो जीवन-यापन करते हैं।"

श्रीमती गुप्ता ने नाश्ता बहुत ही स्वादिष्ट बनाया था। नाश्ते तथा बातों में श्रीमती गुप्ता तथा पापा अपना अकेलापन कुछ देर के लिए भूल गये, पर मेरे मन में एक विचार उठा। क्यों न हम इन दो अकेलों को एक सूत्र में बाँधकर हम उनका अकेलापन दूर कर सकते हैं। मैंने सोचा, क्यों न अपने पति राकेश से सलाह लेकर आगे कदम रखूँ। रात मैंने उनके सामने अपने विचार प्रकट किये। उन्होंने कहा, "तुम्हारा सोचना एकदम सही है पर पापा से यह बात कैसे शुरू करें, वह यह न

सोचें कि हम उनको रखना नहीं चाहते और श्रीमती गुप्ता से यह कहने की किसकी हिम्मत होगी। जब दोनों राजी हों तभी तो बात बन सकती है।" मैंने कहा, "पापा को मैं राजी कर लूँगी और श्रीमती गुप्ता मुझे बहुत प्यार करती हैं अगर उन्हें यह सम्बन्ध पसन्द नहीं होगा तो वह मुझ पर गुस्सा नहीं होंगी। पहले मैं पापा से बात करूँगी।"

दूसरे दिन जब राकेश ऑफिस चले गये तो मैंने पापा से गम्भीर स्वर में कहा, "पापा मैं आपसे कुछ बातें करना चाहती हूँ। पहले तो यह वायदा कीजिये कि आप नाराज नहीं होंगे। दूसरे, इस बात को गम्भीरता से सोचकर उत्तर दीज़ियेगा। मैं आपकी बेटी हूँ। मैं आपका दुःख समझती हूँ और दुःख को हल्का करना चाहती हूँ। मम्मी का स्थान तो कोई भर नहीं सकता पर उस रिक्त स्थान की थोड़ी पूर्ति तो कर ही सकते हैं। आपकी अभी लम्बी जिन्दगी पड़ी है। पचपन की उम्र क्या होती है। इस रिक्त स्थान को तो आपको भरना होगा।"

भौंचक पापा मेरा मुँह ताकने लगे। उन्हें लगा, उनकी बेटी इतनी बड़ी कब से हो गयी जो अपने पिता से ऐसी बात कर सकती है। थोड़ी देर पापा कुछ सोचते रहे, फिर लगा उनको इसका हल मिल गया हो। वह हँसकर बोले, "ऐसी स्त्री कहाँ मिलेगी। फिर मेरे विचार उससे मिल सकेंगे इसकी गारण्टी क्या है?" मैंने कहा, "स्त्री मिल जायेगी। आपके विचारों से उसके विचार भी मिल जायेंगे। पापा बोले, क्या मैं उस स्त्री से मिल सकता हूँ। मैंने हँसकर कहा, अरे कल ही तो मिले थे। पापा गम्भीर होकर बोले। किसकी बात कर रही हो? मैंने कहा "श्रीमती गुप्ता की और किसकी करूँगी? उन्होंने मुझे माँ जैसा प्यार किया है वह जरूर राजी हो जाएँगी।"

पापा गम्भीर होकर बोले "बेटी! जितना प्यार वह तुम्हें करती हैं, यह बात सुन कर कहीं नाराज होकर तुमसे सम्बन्ध न तोड़ बैठें।" फिर पापा बोले, "बेटी, जैसा तुम उचित समझो करो।"

पापा की सहमति मिल जाने पर मैंने सन्तोष की साँस ली। शाम को मैं श्रीमती गुप्ता से मिली। वह हँसकर बोली, "बेटी! आज बेवक्त कैसे आयी हो? तुम तो शाम को ऑफिस से लौटने के बाद आती हो। चलो! तुम्हारे आने से मेरा अकेलापन बड़े आनन्द से कटेगा। अकेले बैठे-बैठे अतीत की यादों से आँखें भर आती हैं। कभी मन करता है इस अकेलेपन को मौत के आगोश में जाने से ही शान्ति मिल सकती है। फिर सोचती हूँ, इतनी कायर बनना अच्छी बात नहीं है। भगवान के दिये इस शरीर पर हमारा हक नहीं है। इस अकेलेपन से मुझे लड़ना होगा।"

मैंने गम्भीरता से कहा, "आण्टी! मैं कुछ कहना चाहती हूँ। आप मुझे प्यार

करती हैं, इसी विश्वास पर मैं कुछ कहना चाहती हूँ।'' श्रीमती गुप्ता ने बड़े प्यार से मेरे सिर पर हाथ फेरते हुए कहा, ''मैंने तुझे बेटी माना है, मेरे से बात करने में तुझे संकोच नहीं करना चाहिए।'' एक तू ही तो है जो मेरे रिक्त हृदय में मलहम लगाती है। मेरा अकेलापन कुछ क्षणों के लिए दूर हो जाता है। यह क्या कम सन्तोष की बात है। तू बेखटके अपने हृदय की बात मुझसे कर सकती है।''

मुझे लगा शायद मेरी बात बन जायेगी। मैंने गम्भीरता से कहा, ''आण्टी, पापा का तथा आपका अकेलापन दूर हो सकता है, बशर्ते आप दोनों मेरी बात मान लें। मैं छोटी हूँ पर आप दोनों का अकेलापन दूर हो सकता है, बशर्ते आप दोनों एक सूत्र में बँध जायें। आप दोनों ही अपने जीवन से ऊब रहे हैं। इसे आसानी से आप दोनों दूर कर सकते हैं, जीवनसाथी बनकर। एक-दूसरे का होकर अकेलापन से छुटकारा पा सकते हैं।''

थोड़ी देर सोचने पर श्रीमती गुप्ता के चेहरे पर सन्तोष की रेखा दिखायी पड़ी। वह बोली, ''पर तुम्हारे पापा की सहमति भी है?'' मैंने कहा, ''पापा से सहमति पाकर ही मैंने आपसे बात की है। वैसे आज शाम पापा आपसे मिलने आ जायेंगे। आप दोनों अपने विचार प्रकट कर सकते हैं।''

श्रीमती गुप्ता मौन रही। उनकी मौन सम्मति लक्षणम समझ मैंने सन्तोष की साँस ली। शाम को मैंने पापा को उनके घर भेज दिया। लौटने पर पापा के चेहरे पर सन्तोष की रेखा देख मैंने समझ लिया कि बात बन गयी। दूसरे दिन पापा तथा श्रीमती गुप्ता के संग हम दोनों ने उनकी सिविल मैरिज कराकर सन्तोष की साँस ली।

पापा तथा श्रीमती गुप्ता के चेहरे पर अकेलेपन से निजात पाने का सन्तोष झलक रहा था। उनके भविष्य के सपनों के फूल नये सिरे से महकने लगते दिख रहे थे और उन दोनों के चेहरे पर सन्तोष देख मेरा मन मयूर भी नाच उठा। मुझे लगा, आज उन दो दुःखियों को एक सूत्र में बाँधकर उनके जीवन में प्रकाश करके मैंने कुछ अच्छा कार्य किया है।

बेमेल रिश्ता

एक भीनी खुशबू का झोंका आते ही लड़के जो हो-हल्ला मचा रहे थे, ऐसे चुप होकर बैठ गये जैसे किसी गम्भीर विषय पर सोच रहे हों। पेछल पास आती गयी और कमरे में दाखिल हुई प्रोफेसर सुनन्दा। लड़के आदर से खड़े हो गये। प्रो. सुनन्दा के पास वह सभी कुछ था जिससे वह लड़कों को पालतू बना चुकी थी। बेपनाह सुन्दरता के संग-संग अपने विषय में पारंगत थी। शुरू में लड़कों ने उन्हें परेशान करने की कोशिश की थी पर जब सभी ने देखा कि कठिन-से-कठिन विषय को वह चुटकियों में हल कर देती थी तो वे चुप होकर बैठ गये। प्रो. सुनन्दा को जो देखता, देखता ही रह जाता। उनकी उम्र का पता लगाना मुश्किल था। चण्डीगढ़ में एक समृद्ध परिवार में उनका जन्म हुआ था। कई बार सौन्दर्य प्रतियोगिता में वह इनाम प्राप्त कर चुकी थी। गुलाबी गालों में डिम्पल तथा नीली आँखों ने उनकी सुन्दरता में चार चाँद लगा दिये थे। पहनने के कपड़ों के चुनाव में भी उनकी परिष्कृत रुची का पता चलता था। ज्यादातर वह सलवार कमीज ही पहनती थी, पर जब कभी साड़ी पहनती तो लड़के मुग्ध होकर देखते रह जाते थे। यह नहीं कि उस दृष्टि में कलुषता रहती हो पर उसमें प्रशंसा का भाव रहता था। सुन्दर चीज को देखने का सभी का मन करता है। उनके सहयोगी उनकी सुन्दरता तथा विद्वत्ता के कायल थे। इतना कुछ पाकर भी लोगों को आश्चर्य होता था कि वह अब तक कुँवारी क्यों है। लड़कों ने काफी कोशिश की कि पता चला लें पर उन्हें सफलता नहीं मिली। सभी ने सोचा, वह धोखा खाई स्त्री है तभी किसी से उनकी मित्रता नहीं है। पुरुष तो पुरुष, स्त्रियों से भी उनकी दोस्ती नहीं थी। वह अपने काम से काम रखती थी। लड़कों को जो भी पूछना होता, वह कॉलेज में ही बता देती। घर आने की किसी को छूट नहीं थी। ज्यादा समय वह लाइब्रेरी में व्यतीत करती थी।

एक दिन एक नया लड़का क्लास में आया। वह लड़का न होकर एक प्रोफेसर-सा लगता था। स्वस्थ शरीर, गोरा गुलाबी रंग। उसकी नीली आँखों में

अपनी तरफ खींचने की अदभुत क्षमता थी। अपने सुदर्शन व्यक्तित्व के कारण वह सभी लड़कों का दोस्त बन गया। पहले दिन ही वह सुनन्दा को मुग्ध दृष्टि से निहारता रहा और मन-ही-मन बोला, "क्या रूप पाया है।" अब वह बार-बार सुनन्दा से प्रश्न पूछता। सुनन्दा सभी प्रश्नों का उत्तर देती, पर कभी-कभी वह खीज जाती क्योंकि प्रश्न सारहीन होते थे। पर उसने धैर्य नहीं खोया। एक दिन उसने सुनन्दा से कहा कि उसे बहुत-से प्रश्नों के उत्तर नहीं आते। प्रश्न ज्यादा हैं, कॉलेज में पूछने में दूसरे लड़कों का टाइम बर्बाद हो सकता है। क्या मैं आपके घर आकर प्रश्न हल करवा सकता हूँ। सुनन्दा ने रूखे स्वर में कहा, घर में मैं किसी को नहीं बुलाती। जो कुछ भी पूछना हो, कॉलेज में पूछ सकते हो।

लड़के ने कहा मेरा नाम राहुल है। मेरे पिता लन्दन में रहते हैं। माँ है नहीं। यहाँ कोई मेरा मददगार भी नहीं है। आप दया करके अपना थोड़ा-सा समय मुझे दे देंगी तो बड़ी कृपा होगी।

सुनन्दा को गुस्सा आ गया पर अपने पर काबू रखकर वह बोली, देखिये मिस्टर राहुल, मैंने एक बार मना कर दिया तो क्यों बार-बार आप मुझे परेशान कर रहे हैं। मेरा काम कॉलेज में पढ़ाना है। घर में नहीं। जब मैं कॉलेज में आपके सभी प्रश्नों को हल कर रही हूँ तो घर में पढ़ने का क्या मतलब?

राहुल का मुँह लटक गया। वह बोला, माफ कीजिये मैडम, आइन्दा से ऐसी गलती नहीं करूँगा। अब रोज ही राहुल मुग्ध दृष्टि से सुनन्दा को निहारा करता। उसकी आँखों की भाषा पढ़कर सुनन्दा परेशान हो जाती। राहुल क्लास में लेक्चर कम सुनता बस, सुनन्दा को निहारा करता। उसकी दिलचस्पी सुनन्दा के कपड़ों पर रहती। किस रंग के कपड़े उस पर ज्यादा फबते हैं, बस यही वह देखता। कभी-कभी ढीठ होकर वह कह भी देता कि यह रंग आप पर बहुत खिलता है। ज्यादा करके सुनन्दा सलवार-कमीज पहनती थी, पर जिस दिन वह साड़ी पहनती उस दिन राहुल पूरे घण्टे भर उसे निहारता रहता।

अपने से आठ-नौ साल छोटे लड़के का यह पागलपन देख सुनन्दा कभी-कभी परेशान हो जाती। उसकी दृष्टि में वह एक स्टूडेण्ट था और वह एक शिक्षिका। आज तक इस तरह की हरकत किसी लड़के ने नहीं की थी। सुनन्दा उसकी शिकायत भी नहीं कर सकती थी क्योंकि अभी तक उसने कोई गलत व्यवहार उसके संग नहीं किया था।

दो दिन बीत गये। एक दिन सुनन्दा को राहुल का पत्र मिला जिसमें लिखा था कि वह सुनन्दा को प्यार करता है, उससे विवाह करना चाहता है। अगर उसने हामी नहीं भरी तो वह आत्महत्या कर लेगा। ये कोरी बकवास न समझे, ऐसा वह करके दिखला देगा।

सुनन्दा ने समझा यह कोरी धमकी है। अगर उसने अब ज्यादा परेशान किया तो वह वाइस चान्सलर से शिकायत कर देगी।

सुनन्दा चुप होकर बैठ गयी कि आगे यह लड़का क्या गुल खिलाता है, पर दूसरे दिन राहुल ने सचमुच में अपने हाथ की नस काट दी। उसे बेहोश देख एक लड़का दौड़कर लड़कों को बुला लाया। प्रोफेसर भी आये। राहुल के हाथ से बहुत खून निकल गया था। राहुल के पास से पत्र मिला, जिसमें लिखा था कि वह सुनन्दा मैडम से विवाह करना चाहता था पर उन्होंने मना कर दिया। उसकी मौत की जिम्मेवारी किसी की नहीं है। वह मैडम सुनन्दा के बिना जीवित नहीं रह पायेगा। अगर वह बच भी गया तो इसी प्रकार आत्महत्या करता रहेगा। पूरे कॉलेज में सुनन्दा बदनाम हो गयी। सुनन्दा लोगों को कैसे समझाती कि आठ-दस वर्ष छोटे लड़के से विवाह करके कितनी ही समस्याएँ खड़ी हो सकती हैं। वह परिपक्व दिमाग की है और यह लड़का उससे भी कम गम्भीर स्वभाव का है। जैसे जवान लड़के हर गम्भीर बात को गम्भीरता से न लेकर हँसी में उड़ा देते हैं वैसा ही यह लड़का भी करेगा। उम्र बढ़ने पर सुनन्दा अपना सौन्दर्य खो देगी पर उस समय यह लड़का अपनी चरम सुन्दरता पर होगा। जब वह सुनन्दा को देखेगा तो उसका प्यार का नशा हवा हो जायेगा। जिस सुन्दरता के पीछे वह दीवाना है, उसके न रहने पर उसे अपनी गलती का अहसास हो जायेगा तब उसका व्यवहार सुनन्दा के प्रति उदासीन हो जायेगा। तब क्या सुनन्दा यह झेल पायेगी। उसे अपने फैसले पर क्या पश्चात्ताप नहीं होगा? इसी कशमकश में वह कुछ तय नहीं कर पा रही थी। उत्तर में देर होती देख राहुल ने फिर नदी में कूदकर आत्महत्या करने की कोशिश की। अब सभी ने सुनन्दा को समझाया कि ऐसा सच्चा प्यार करने वाला उसे नहीं मिलेगा। उम्र में वह कम है तो क्या हुआ पुरुष भी तो अपने से आठ -दस वर्ष छोटी स्त्री से विवाह करते हैं। वह सुखी भी रहते हैं। पति-पत्नी के बीच सामंजस्य बैठना ही सुखी जीवन होता है। उम्र बाधक नहीं होती। सभी के समझाने पर सुनन्दा ने विवाह करने पर अपनी सहमति दे दी। सुनन्दा की सहमति मिलते ही राहुल खुशी से नाच उठा।

सुनन्दा ने राहुल से कहा कि अपने पिता को लन्दन से बुला लो। उनका आशीर्वाद मैं लेना चाहती हूँ। राहुल बोला, मैंने फोन पर पिता जी से बात की थी पर जरूरी मीटिंग के कारण वह आ नहीं सकेंगे। वह कुछ दिनों बाद आ जायेंगे। पिता के सिवा राहुल का कोई रिश्तेदार नहीं था। सुनन्दा चुप हो गयी पर उसे लगा कि कहीं कुछ गड़बड़ तो नहीं है। एक ही बेटा जिसका विवाह हो और पिता को आने की फुर्सत नहीं है, यह आश्चर्य की बात लगती है।

बड़ी धूमधाम से शादी हुई। सुनन्दा तथा राहुल की जोड़ी की लोगों ने जी खोलकर प्रशंसा की। जरा भी पता नहीं चल रहा था कि राहुल सुनन्दा से आठ साल छोटा है। लोगों का कहना था कि इतनी सुन्दर जोड़ी बहुत कम देखने को मिलती है। इतनी उम्र होने पर भी सुनन्दा की आँखें लज्जा से झुकी जा रही थीं और राहुल हुल्लड़ मचा रहा था। कितने ही लोगों ने सुनन्दा से विवाह करना चाहा पर सभी असफल रहे, पर राहुल को नाज था कि वह इस रूपसी को पाने में सफल हो गया।

शादी पर राहुल ने दिल खोलकर खर्च किया। अमीर बाप का बेटा होने से उसे पैसे की कमी नहीं थी। उसने सुनन्दा के लिए कीमती-से-कीमती सामान खरीदा। खुशी के मारे उसके पैर जमीन पर नहीं पड़ रहे थे। विवाह के पश्चात् राहुल ने पढ़ना लिखना भी छोड़ दिया और सुनन्दा को भी कॉलेज से छुट्टी दिलवा दी। वह सुनन्दा की हर इच्छा पूरी करने को तत्पर रहता था।

सुनन्दा चाहती थी कि अगर राहुल के पिता जी नहीं आ रहे हैं तो उन्हें स्वयं लन्दन पहुँचकर उनका आशीर्वाद लेना चाहिए। पर राहुल चाहता था कि हनीमून के लिए उन्हें गोवा जाना चाहिए। वहाँ उसके पिता की आलीशान कोठी है। वहाँ वह आराम से रहेंगे। वहाँ कोई टोकने वाला भी नहीं होगा। लन्दन में पिता के घर उन्हें वह स्वाधीनता नहीं मिलेगी जो गोवा में मिलेगी। सुनन्दा ने सोचा शायद वह ठीक कर रहा है। हनीमून से लौटने पर सुनन्दा गम्भीरता से अपने अध्ययन में जुट गयी पर राहुल कभी क्लास में जाता, तो कभी नहीं। लगता था कि पढ़ाई में उसे कोई दिलचस्पी नहीं रह गयी थी। सुनन्दा उसे समझाती पर ढीठ बच्चे के समान वह वही करता जो उसका मन करता। उसका मन तो केवल सुनन्दा को लेकर घूमना, क्लास में डांस करना, बड़े-बड़े होटलों में खाना खाने तक सीमित रह गया था। दो वर्ष बीत गये। धीरे-धीरे राहुल का प्यार का जोश ठण्डा पड़ने लगा। जिस शारीरिक सौन्दर्य में वह अब तक बँधा था, वह बन्धन ढीला होता गया। सुनन्दा ने जो सोचा था। अब वह धीरे-धीरे सामने आ रहा था। अब राहुल सुनन्दा को क्लब में ले जाने के लिए जिद नहीं करता था। सुनन्दा सब समझती थी। क्लब में सुन्दर जवान लड़कियों के संग उसकी दोस्ती बढ़ती जा रही थी। वह पानी के समान पैसा लड़कियों पर खर्च कर रहा था। वह जितने रुपये चाहता उसके पिता भेज देते थे। सुनन्दा सब देखती। उसका हृदय अग्निशिखा के समान प्रज्वलित हो उठता, पर कोई चारा न देख उसने राहुल से साफ बात करने की सोची। रात जब राहुल क्लब से लौटा तो उसने कहा, राहुल! तुम कहते थे कि तुम्हें मुझसे बहुत प्यार है। इसके लिए तुम दो बार जान भी दे चुके हो। पर क्या तुम जानते भी हो कि प्यार किसे कहते हैं? प्यार का रिश्ता सिर्फ गहरे अहसास भर से है। प्यार से दिल से किया जाता है, शरीर से

नहीं। प्यार एक अनुभूति है जिसे केवल महसूस किया जाता है, तुमने मुझसे सच्चा प्यार किया ही नहीं था। तुम्हें केवल मेरे शरीर से प्यार था। अब उससे तुम्हारा मन भर गया है। अब इस अनमेल विवाह के बन्धन से मैं तुम्हें मुक्त करती हूँ। मैंने तुमसे सच्चा प्यार किया था पर तुम धोखेबाज निकले। इसकी सजा तुम्हें जरूर मिलेगी यह मेरी भविष्यवाणी है।

बेहयाई से हँसता हुआ राहुल बोला अपना लेक्चर बन्द करो। तुम्हें किसने जाने से रोका है। तुम्हें पूरी छूट है। तुम जहाँ चाहो जाओ। तुममें अब क्या बचा है जिसके पीछे मैं भागूँ। दो साल में ही तुम बूढ़ी हो गयी हो। मुझे देखो मैं जैसा का तैसा सुन्दर तथा जवान हूँ। तुम्हें संग ले जाने में मुझे शर्म आती है। जब तुम सुन्दर थी तो मैंने तुम्हें सभी सुख दे रखे थे। यह तुम जानती हो न! सुनन्दा बोली हाँ, मैं मानती हूँ, पर वह सच्चा प्यार नहीं बल्कि तुम्हारी शारीरिक भूख थी जिसे मिटाने के लिए तुमने वह सुख मुझे दिये थे। राहुल बोला, तुम जो भी समझो मैं भी विवाह जैसे बन्धन से तुम्हें मुक्त करता हूँ।

राहुल से सुनन्दा ने तलाक ले लिया फिर एक दिन वह उस शहर को छोड़कर लन्दन पहुँच गयी। राहुल के पिता का पता तो उसे मालूम ही था। वह एक बड़े होटल में ठहरी जिसमें राहुल के पिता आया करते थे। शाम वह उस जगह बैठी जहाँ राहुल के पिता बैठा करते थे। जितना वह अपने को सजा सकती वह सब कुछ उसने किया। उसका रूप दमक उठा। वह एक पत्रिका उठाकर पढ़ने का ढोंग करने लगी।

राहुल के पिता जी जैसे ही अपनी टेबल पर पहुँचे सामने की टेबल पर एक अनिंद्य सुन्दरी हिन्दुस्तानी महिला को देखकर अपलक उसे निहारने लगे। किस प्रकार उससे दोस्ती करें यह वह सोचने लगे। महिला का रूमाल गिरा देख उनको मौका मिल गया। वह सुनन्दा की टेबल पर पहुँचकर बोले, "मैम! आपका रूमाल गिर गया था।" यह कहकर उन्होंने रूमाल सुनन्दा को पकड़ा दिया। सुनन्दा ने उन्हें धन्यवाद दिया। राहुल के पिता राजेश कुमार लंदन के रईसों में से थे। उन्होंने कहा मैडम! मैं यहाँ रोज आता हूँ पर आपको इससे पहले कभी नहीं देखा। शायद आप यहाँ पहली बार आयी हैं। क्या मैं आपका नाम जान सकता हूँ! वैसे मेरा नाम राजेश कुमार है। सुनन्दा मुस्कराकर बोली, आपने बिना पूछे अपना नाम बता दिया है। फिर आपने मेरा नाम पूछा है। तो सुनिये, मेरा नाम सुनन्दा है। मैं यहाँ घूमने आयी हूँ। यहाँ के दर्शनीय स्थान देखकर लौट जाऊँगी।

राजेश कुमार हँसकर बोले, आप यह शहर छोड़ना नहीं। अगर आप बुरा न मानें तो क्या मैं आपको घुमा सकता हूँ?

सुनन्दा बोली नेकी और पूछ-पूछ। आप जैसा मित्र मिल जाये तो मेरा भाग्य

ही कहा जायेगा।

राजेश कुमार बोले, तो देर किस बात की है कल सुबह मैं आपके होटल आपको लेने पहुँच जाऊँगा।

राजेश कुमार को नमस्कार करके सुनन्दा होटल पहुँच गयी। होटल पहुँचकर वह खूब हँसी क्योंकि उसी ने जान-बूझकर रूमाल गिराया था। अब रोज ही दोनों घूमने जाते थे। सुनन्दा ने अब अपना जाल बिछाना शुरू कर दिया था। महीनों दोनों सैर करते रहे। सुनन्दा ने पाया कि राजेश कुमार बहुत साफ दिल के आदमी हैं। दोस्ती के मध्य उन्होंने कोई ऐसी हरकत नहीं की जिससे साबित होता कि वह गिरे चरित्र के व्यक्ति हैं। वह हमेशा शालीनता से पेश आते थे।

एक दिन उन्होंने सुनन्दा से कहा कि वह किसी गम्भीर विषय पर उससे बात करना चाहते हैं।

सुनन्दा मुस्कराकर बोली, हमारे बीच कोई ऐसी बात हो ही नहीं सकती जिसको कहने में आपको संकोच हो। आप बेखटके होकर उस गम्भीर बात को कह सकते हैं। यद्यपि सुनन्दा समझ गयी थी कि वह गम्भीर विषय क्या है।

राजेश कुमार बोले, अभी तक हमारा दोस्ती का सम्बन्ध था। पर अब मैं चाहता हूँ कि हमारे इस सम्बन्ध से बढ़कर सम्बन्ध स्थापित हो जायें। हम एक दूसरे को परख चुके हैं। अब हम शादी के बन्धन में बँध जायें तो आपको आपत्ति तो नहीं होगी।

लज्जा से लाल होती सुनन्दा बोली, आप जैसा पुरुष पाकर कौन स्त्री भाग्यवान न होगी। रात्रि से पहले सुनन्दा ने राजेश से कहा, आपने कहा था कि आपका एक बेटा भी है क्या उसे नहीं बुलाइयेगा?

राजेश कुमार के चेहरे पर दुःख की घनी छाया तैर गयी। वह बोले उस नालायक बेटे को क्यों बुलाऊँ। मेरे लिए वह मर चुका है। जैसे उसकी माँ थी, वैसे ही वह भी है। अपने अतीत को याद करके उनकी आँखें भर आयीं। वह बोले, उन यादों के पिंजरे में आज तक छटपटाता मेरा मन का पक्षी हजारों बार आहत हुआ है। उनकी आँखों में अतीत के दिन कैक्टस की तरह चुभने लगे। अपने को संयत कर वह बोले जो मानसिक पीड़ा मेरी पत्नी तथा बेटे ने दी है वह मैं बयान नहीं कर पाऊँगा। उन दोनों को मेरे पैसों से प्यार था मुझसे नहीं। अभी भी मेरा बेटा हिन्दुस्तान में बैठा हमेशा पैसों की माँग करता रहता है अगर मैं पैसे नहीं भेजूँगा तो वह यहाँ आकर मुझे और भी मानसिक पीड़ा देगा।

सुनन्दा ने उन्हें ढाढ़स देते हुए कहा, "राजेश कुमार जी, गम की अँधेरी रात के बाद सूर्य का प्रकाश भी आयेगा। यह तो प्रकृति का नियम है। मैं आपको विश्वास

दिलाती हूँ कि मैं पूरी निष्ठा से आपके जख्मों पर मरहम लगाने का प्रयास करूँगी। सुनन्दा की सच्ची सहानुभूति पाकर राजेश कुमार की आँखें भर आयीं। वह बोले जीवन में किसी ने मुझे प्यार नहीं किया। तुम्हारा स्नेह भरा आश्वासन पाकर मुझे कितना सकून मिला है यह मैं व्यक्त नहीं कर पाऊँगा। मैं जल्दी-से-जल्दी विवाह करना चाहता हूँ। तुम अपनी सहमति दे दो। बस दो दिन में ही हम विवाह कर लेंगे। सुनन्दा ने अपनी सहमति दे दी।

सुनन्दा तथा राजेश कुमार विवाह बन्धन में बँध गये। सुनन्दा ने पाया कि राजेश कुमार सच में एक आदर्श पति हैं। सुनन्दा ने सोचा कि वह भी एक आदर्श पत्नी के समान राजेश कुमार की सेवा करके उनके अतीत की काली परछाइयों को दफन कर देगी।

राजेश कुमार ने अपना पूरा कारोबार सुनन्दा को सौंप दिया। सुनन्दा सुचारु रूप से उनका कारोबार देखने लगी। धीरे-धीरे करके उसने हिन्दुस्तान राहुल को पैसा भेजना कम कर दिया।

एक दिन अपने प्रति सुनन्दा का प्यार तथा योग्यता देख राजेश कुमार ने अपनी वसीयत में सुनन्दा के नाम सब कुछ लिख दिया। राहुल के लिए उन्होंने सुनन्दा से कहा, मैंने उसको उसके पैरों पर खड़े होने के लायक बना दिया है। अब उसे मैं कोई पैसा नहीं भेजूँगा। सुनन्दा तो यही चाहती थी। उसको कुछ करना भी नहीं पड़ा और उसका काम बन गया। जब कई महीनों तक राहुल को पैसा नहीं मिला तो वह बौखला गया। उसने एक कड़ा-सा पत्र राजेश कुमार को लिखा।

राहुल को पता नहीं था कि उसके पिता ने विवाह कर लिया है। वह लन्दन आने की सोच ही रहा था कि राजेश कुमार को दिल का दौरा पड़ा और उनकी मौत हो गयी। लन्दन में सभी उनके मित्रों को पता चल गया था कि राजेश कुमार ने अपने नालायक बेटे को अपनी सम्पत्ति से बेदखल कर दिया है।

समाचार पत्र में अपने पिता की मौत की खबर पढ़कर वह लन्दन रवाना हो गया। घर पहुँचने पर जब उसने सुनन्दा को वहाँ देखा तो वह बेहयाई से हँसकर बोला, कहिये अब यहाँ आप क्या कर रही हैं। यहाँ कोई नया छोकरा फाँसा है?

अभी तक सुनन्दा अपना क्रोध रोके थी पर वर्षों से हृदय के कोने में छुपा ज्वालामुखी जो धधक रहा था उसे केवल अवसर की प्रतीक्षा थी। अवसर पाते ही वह ज्वालामुखी फूट पड़ा वह गरजकर बोली, मेरे घर से चुपचाप निकल जाओ वरना नौकरों से धक्के मारकर निकलवा दूँगी। मैं इस घर की मालकिन हूँ। वहाँ बैठे सभी लोगों ने कहा आपके पिता ने सभी कुछ सुनन्दा देवी के नाम लिख दिया है। आपको वह सम्पत्ति से बेदखल कर गये हैं।

व्यंग्य से मुस्कराकर सुनन्दा बोली, राहुल! अब तुम सड़कों पर भीख माँगो तुम्हारे पास कोई गुण तो है नहीं।

गुस्से से राहुल का चेहरा लाल हो गया। वह चीखकर बोला, तुमने धोखे से मेरे पिता की सम्पत्ति अपने नाम लिखवा ली है। मैं कोर्ट में तुम्हें घसीटूँगा।

सुनन्दा उसे चिढ़ाती हुई बोली किस बुनियाद पर तुम कोर्ट में जाओगे। मैं तुम्हारे पिता की पत्नी हूँ। कोर्ट में हम दोनों का विवाह हुआ है। यह सम्पत्ति उनकी कमाई हुई है वह जिसे चाहे दे सकते हैं, तुम जैसे नालायक लड़के को न देकर वह मुझे दे गये। इसमें तुम्हारा कोई हक नहीं बनता।

सुनन्दा बोली, राहुल, तुमने अपने पिता को तथा मुझे मानसिक पीड़ा दी है अब तुम भी भोगो। अब तक तुम बहुत मौज ले चुके हो। अब अभी मेरे घर से निकल जाओ वरना मेरे नौकर तुम्हें निकाल बाहर करेंगे।

क्रोध से काँपता राहुल बोला, तुम्हें देख लूँगा।

सुनन्दा के मुँह से निकला, लोग ठीक ही कहते हैं कि बेमेल रिश्ता कभी सफल नहीं हो पाता।

सुन्दरता एक अभिशाप

बनारस संगीत के लिए पुरातन काल से मशहूर रहा है। मशहूर गायक यहीं पैदा हुए। ख़याल, ध्रुपद, ठुमरी—सभी प्रकार के गायन को प्रचलित करने वाले गायक यहीं पैदा हुए। यूँ तो सभी मशहूर गायकों के नाम लोग जानते होंगे पर एक नाम ऐसा भी था, जो काल के अँधेरे में छुप गया। और यह नाम था रूप और सौन्दर्य की रानी गायत्री देवी का—जिनकी आलीशान तथा कलात्मक कोठी को देख उनकी परिष्कृत रुचि का पता चलता था। गुलाब के फूलों से आच्छादित यह कोठी सदा महकती रहती थी। इस कोठी की मलिका थी, गायत्री देवी।

शाम का समय था। चैती गुलाब की सुगन्ध चारों तरफ फैली थी। एक बड़े हॉल में बीस-पच्चीस मसनदें लगी हुई थीं, और सभी प्रकार के वाद्य इन मसनदों के सामने रखे थे। पूरे कक्ष में बिछी धवल चादर पर आरामदेह गावतकिये रखे थे। दीवारों पर चारों ओर आदमकद शीशे टँगे थे। बेशकीमती झाड़-फानूस से छनकर आती रोशनी अपनी अलग छटा दिखा रही थी। दीवारों पर मशहूर गायकों की तस्वीरें टँगी थीं। धीरे-धीरे गायकों का आना शुरू हो गया, और वे उस भव्य हॉल में प्रवेश करने लगे। जिस गायक की जिस वाद्य में रुचि रहती थी, वह उसे उठा लेता था। करीब बीस-पच्चीस गायकों ने इकट्ठे होकर अपने-अपने साजों से मधुर ध्वनि छेड़ दी। उसी समय कक्ष में एक युवती ने प्रवेश किया। धवल वस्त्रों में हीरे-मोती की आभा बिखेरती युवती को देख सभी गायक मुस्कराते हुए खड़े हो गये। युवती की सुन्दरता का वर्णन करना, मानो सुन्दरता को चुनौती देना था। उसके काले घने केश चेहरे पर अठखेलियाँ कर रहे थे। एक लट चेहरे पर बार-बार आकर मानो, गालों को चुनौती दे रही थी कि मेरा भी अस्तित्व है। रंग क्या था, गुलाब की पंखुड़ियों को मात कर रहा था। आँखों को देख, झील में खिले दो कमल के फूलों का भान होता था। बिम्बाफल से लाल होठों के बीच मोती से दाँत, बिजली-सी चमक पैदा कर रहे थे। सुगठित शरीर पर हीरे जड़ित आभूषण शोभायमान थे। उनकी उम्र का अन्दाजा लगाना

कठिन था, ऐसा लगता था। उम्र को झाड़ू मारकर उन्होंने भगा दिया है।

गायत्री देवी अपनी कोकिल कण्ठी आवाज में गायकों को सम्बोधित करते हुए बोली, चैत का महीना है, चैती गायन होना चाहिए। सबसे पहले हर रोज की तरह सरस्वती वन्दना होगी। सभी गायकों ने एक स्वर में सरस्वती वन्दना शुरू की, जिसकी सात्विकता स्वतः ही चारों ओर बिखर गयी। धीरे-धीरे रात्रि का आगमन होने लगा। चारों तरफ लगे झाड़-फानूसों से आती रोशनी ने एक अविस्मरणीय दृश्य उपस्थित कर दिया था। इसी समय उस महफ़िल में एक नवयुवक ने प्रवेश किया, जिसे देख सभी कलाकार आँखों-आँखों के इशारे से पूछ रहे थे, कि यह नवागन्तुक कौन है। युवक के चेहरे पर सौम्यता के साथ विद्वत्ता की झलक भी साफ दृष्टिगोचर हो रही थी। उसने जयपुरी साफा बाँधा हुआ था। होंठ ऐसे लाल थे, मानो पान खाया हो। गायत्री देवी ने भी प्रश्नभरी दृष्टि से उसे निहारा। उन्हें आश्चर्य हुआ कि पहरेदारों ने उसे अन्दर घुसने कैसे दिया, जबकि उनका कड़ा हुक्म था कि कोई भी अजनबी उनकी कोठी में घुसने न पाये। युवक की उम्र करीब अट्ठारह-बीस वर्ष की लगती थी। इतने गुणी कलाकारों के बीच युवक को देख उनकी भौंहें तन गयीं। उन्हें लगा, इतने विद्वानों के बीच, इस बालक ने आकर जैसे उनके संगीतमय वातावरण में रसाभास कर दिया हो। उस समय तो उन्होंने कुछ नहीं कहा, पर सोच लिया कि संगीत समाप्त होने पर इसकी छानबीन की जायेगी, पर उनका मन अवश्य उखड़ गया था।

गायत्री देवी की कीर्ति देश-विदेशों में फैली हुई थी। उनके जैसी गुणी और विदुषी महिला उस जमाने में दूसरी नहीं थी। गुणी लोग दूर-दूर से आकर वहाँ बहुत कुछ सीखते थे। वहाँ स्पर्धा नहीं थी, बल्कि हर गायक एक दूसरे से सीखना चाहता था। नये-नये रागों का आदान-प्रदान होता था। कोई छोटा-बड़ा नहीं था।

नवागन्तुक युवक महफिल में गर्दन नीची करके बैठा था। वह जानता था कि लोगों की प्रश्नवाचक दृष्टि उसी की ओर केन्द्रित है। संकोचवश उसकी गर्दन झुकी जा रही थी। वह जानता था कि यहाँ इस तरह आकर उसने दुस्साहस किया है, पर कुछ नया सीखने की ललक के कारण ही वह ऐसा दुस्साहस कर बैठा था।

गायत्री देवी ने अपनी सुमधुर आवाज में गायकों से कहा, अब हमारा कार्यक्रम शुरू होगा। आप सबमें से जो भी चाहे, पहले अपना हुनर पेश कर सकता है। यदि उससे कोई गलती होगी, तो यहाँ बैठे लोग उसे ठीक करेंगे। संगीत वह कला है, जिसका कोई अन्त नहीं है। अपने-अपने सुझाव देने का हक सभी को है। यह एक ऐसा स्कूल है, जहाँ एक-दूसरे से हम बहुत कुछ सीखते हैं।

एक गायक ने, रात्रि को गायी जाने वाले राग का गायन शुरू किया। सभी गायक गर्दन नीची कर, आँख मूँदे संगीत का रसास्वादन करने लगे। मधुर संगीत

से वातावरण प्रतिध्वनित होने लगा। लम्बे आलाप के बाद कलाकार ने गायन शुरू किया। तबले की थाप पर वह गाता रहा, और सभी श्रोता गायक इतने ध्यानमग्न हो गये, कि गायन खत्म होने का उन्हें आभास ही नहीं हुआ। थोड़ी देर बाद, सभी की तन्द्रा टूटी और तालियों की आवाज़ से हॉल गूँज उठा। इस प्रकार कई गायकों का गायन हुआ, और वह युवक चुपचाप गायन सुनता रहा। अन्त में सभी के अनुरोध पर गायत्री देवी ने गाना शुरू किया। उनकी मधुर आवाज़ से पूरा हॉल गूँज उठा। सामान्य तौर पर गाते समय गायक की मुद्रा थोड़ी बिगड़ जाती है, पर गायत्री देवी की गायन मुद्रा ने उनकी सुन्दरता में चार चाँद लगा दिये। यकायक एक आवाज़ ने सभी की तंद्रा भंग कर दी। वह आवाज़ उस युवक की थी। सभी ने क्रोध भरी दृष्टि से उस युवक की ओर देखा। गायत्री देवी की भौंहें तन गयीं। युवक के पास बैठे गायक ने युवक को झकझोर दिया जिससे उसका साफ़ा ज़मीन पर गिर पड़ा और उसके काले घने केश, उसके चेहरे पर बिखर गये। आश्चर्यचकित हो, सभी गायक एक-दूसरे का मुँह ताकने लगे। युवक का मुँह लज्जा से आरक्त हो गया। अपना भेद खुलता देख, धीरे-से उसने अपनी नकली मूँछें निकाल दी, और अब वह अट्ठारह-बीस वर्ष की अनिद्य सुन्दरी सबके सामने लज्जा से सर झुकाये बैठी थी। उसके घुँघराले बाल उसके चेहरे पर ऐसे लग रहे थे, मानो काले बादलों के बीच चाँद निकल आया हो। गायत्री देवी के अद्वितीय सौन्दर्य से उस युवती की सुन्दरता मानो होड़ ले रही हो। उम्र को देखते हुए उस युवती की सुन्दरता गायत्री देवी से अधिक ही थी। अपनी सुन्दरता पर गर्व करने वाली गायत्री देवी में पहली बार हीन भावना का संचार हुआ। युवती का सादा परिधान, गायत्री देवी के हीरे-मोती से सजे शरीर को पीछे छोड़ रहा था। एक गायक ने गुस्से से युवती से पूछा—तुमने गाने के बीच में रोकने का दुस्साहस क्यों किया, और तुम बिना आज्ञा के अन्दर क्यों आयीं? युवती ने बड़े ही विनीत भाव से हाथ जोड़कर कहा, गायन में कुछ गलती होने पर मैं अपने को रोक नहीं पायी। सभी गायक एकबारगी गुस्से से बोले, गायत्री देवी जैसी गुणी गायिका की तुम गलती निकालोगी? बीच में ही टोकते हुए गायत्री देवी ने युवती से कहा—मेरी गलती क्या है, तुम बताओ तो सही! युवती ने विनम्रता से कहा—इस राग में आपने विवादी स्वर का कुछ अधिक ही प्रयोग किया है, जबकि इस राग में विवादी स्वर नहीं लगना चाहिए। गायत्री देवी ने कहा—ठीक है, इस राग को कैसे गाया जाता है, तुम ही गाकर सुनाओ।

युवती ने तानपूरा उठाकर गाना शुरू किया गाने के बोल थे—

"मन मन्दिर में दिया जलाकर
बैठी हूँ मैं आस लगाये,

कब आओगे मेरे श्याम।''

बिना विवादी स्वर का प्रयोग किये, उसका गाना गायत्री देवी के गाने से कहीं ज्यादा मन्त्र-मुग्ध करने वाला था। गायत्री देवी की आँखों में जलन न होकर, प्रशंसा के भाव तैर रहे थे। युवती जैसे श्याम से मनुहार करती जा रही थी कि मेरे घनश्याम, तुम कब आओगे। मनुहार का भाव चेहरे पर दृष्टिगोचर हो रहा था। उसके करुण गायन ने चारों ओर करुणा बिखेर दी थी। वहाँ बैठे सभी गायकों का मन करुण रस से ओत-प्रोत हो गया था, और सभी की आँखों में उसके प्रति प्रशंसा के भाव थे। गायत्री देवी ने मुस्कराते हुए पूछा बेटी, तुमने संगीत की शिक्षा कहाँ से ग्रहण की है? युवती ने लजाते हुए कहा, मैंने कहीं से शिक्षा ग्रहण नहीं की है, मेरे बाबा ने मुझे संगीत की शिक्षा दी है। बाबा का नाम लेते ही, उसकी आँखें छलछला आयीं और वह बोली मेरे बाबा ने मुझे अनाथालय से लाकर पाला था। हफ्ता भर पहले उनकी मृत्यु हो गयी। तब कोई सहारा न होने पर मैं गायत्री देवी का नाम सुन, उनसे संगीत की शिक्षा ग्रहण करने यहाँ आयी थी। पर दरवाजे पर पहरेदारों ने मुझे रोक लिया। मैंने बहुत हाथ-पैर जोड़े। मेरे पास एक मोहर थी जिसे देकर मैं बड़ी मुश्किल से इस शर्त पर अन्दर आयी थी कि छुपकर आपका गाना सुनकर लौट जाऊँगी। पर संगीत के प्रति अपनी उद्याम लालसा को मैं रोक नहीं पायी। मैं झूठ बोलकर आयी हूँ। अतः सभी गुणीजनों से मैं क्षमा माँगती हूँ।

गायत्री देवी ने युवती से पूछा—बेटी, तुम्हारा नाम क्या है? युवती ने लजाते हुए कहा—मेरा नाम वीणा नन्दिनी है, और मेरे बाबा मुझे वीणा कहकर बुलाते थे। सभी गायकों की आँखों में युवती के प्रति वात्सल्य उमड़ आया, पर सम्पत राय की आँखें जैसे कुछ और ही कह रही थीं, जिसे गायत्री देवी ने पढ़ लिया था। सम्पत राय को गायत्री देवी अच्छी तरह पहचानती थी। स्त्रियाँ उसकी कमजोरी थीं। वह नामी तथा समृद्ध गायक थे। कुछ लोग तो यह भी कहते थे कि गायत्री देवी से उनका कुछ सम्बन्ध रहा था, पर कुछ इसे अफवाह मात्र मानते थे कि गायत्री देवी जैसी चरित्रवान स्त्रियाँ कम ही होती हैं।

गायत्री देवी ने एक बार सम्पत राय की तरफ प्रश्न भरी दृष्टि से निहारा सम्पत राय उनसे आँखें नहीं मिला पाये और उन्होंने नज़रें नीची कर लीं।

गायत्री देवी ने सोचा, वीणा नन्दिनी सम्पत-राय से बच नहीं पायेगी। अतः उन्होंने वीणा नन्दिनी से कहा—बेटी, तुम मेरे पास रहकर आगे की संगीत की शिक्षा लोगी! खुशी से वीणा नन्दिनी की आँखें छलछला आयीं और उसने कृतज्ञता से गायत्री देवी की तरफ देखा। सम्पत राय का चेहरा बुझ गया। उन्हें अपना कार्य सिद्ध होता दिखायी नहीं दिया।

समय बीतता गया। वीणा नन्दिनी को गायत्री देवी संगीत की शिक्षा देती रही। चिन्ताओं से मुक्त और अच्छे खान-पान से वीणा नन्दिनी दिनोंदिन और निखरती गयी। जो भी उसे देखता, भगवान की सुन्दर कृति पर मंत्रमुग्ध हो जाता। शाम को रोजाना ही, वीणा नन्दिनी को संगीत सभा में बैठने का सौभाग्य प्राप्त होता था। नयी-नयी रागों की जानकारी उसे होने लगी। हर रोज उसका एक गाना अवश्य होता था। गायत्री देवी का उसके प्रति लगाव बढ़ता ही जा रहा था। उन्हें ऐसा भान होता था, जैसे वीणा उन्हीं की बेटी हो।

एक दिन भी यदि वीणा नन्दिनी संगीत सभा में न आती, तो सम्पत राय उदास व्याकुल हो जाते। उनकी आँखें उसे ही खोजती रहती थीं। गायत्री देवी की आँखों से यह छिपा नहीं था। वे वीणा को लेकर चिन्तित थीं, क्योंकि सम्पत राय की ताकत का उन्हें अन्दाजा था। अतः जहाँ तक होता था, वे वीणा को अकेला नहीं छोड़ती थीं।

एक दिन जब वीणा नहा रही थी, तो भूल से वह स्नान घर के दरवाज़े की चिटकनी लगाना भूल गयी। गायत्री देवी को पता नहीं था कि वीणा नहा रही है। उन्होंने जैसे ही स्नान घर का दरवाज़ा खोला, तो नग्न वीणा के तराशे शरीर और जाँघ में एक बड़े-से लाल दाग को देख, वह दंग रह गयी। अठारह साल पहले का वह दृश्य, जब वे अपनी नाजायज सन्तान को अनाथालय के पालने में रखकर रोती हुई लौटी थी, और बच्ची की जाँघ के इस लाल दाग को देखकर ही उसे कभी दोबारा पहचान पाने की उन्होंने अपने दिल को सान्त्वना दी थी। आज उसी स्थान पर वैसा ही लाल दाग देखकर उनकी खुशी का पारावार न रहा। शर्म से वीणा की आँखें झुक गयी, और उसने जल्द ही अपना गाउन पहनकर कहा, माफ कीजिये माँ! मैं दरवाज़ा बन्द करना भूल गयी थी। मन-ही-मन प्रसन्न होते हुए गायत्री देवी ने कहा, कोई बात नहीं, माँ ने ही दरवाजा खोला था, किसी अन्य ने नहीं। उन्हें लगा, पहले दिन से ही उन्हें वीणा से लगाव हो गया था शायद खून ने खून को खींचा था। मन-ही-मन उन्होंने ईश्वर का धन्यवाद भी किया।

अपनी बेटी को दुनिया के सामने बेटी कहने का वे साहस नहीं जुटा पा रही थीं। वीणा क्योंकि नाजायज थी, और गायत्री देवी को सभी कुँवारी समझते थे। अब किस मुँह से वह स्वीकार करे कि उसका बाप मौजूद है। बीते दिनों के पन्ने पलट-पलटकर उसे, उस दिन की याद दिलाने लगे। जब वे उस पापी से हाथ जोड़ गिड़गिड़ाती हुई कह रही थीं कि यह तुम्हारी औलाद है, इसे अपना नाम दो। और वह कह रहा था कि मैं विवाहित हूँ, मैं तुमसे विवाह नहीं कर सकता मुझे इसी समाज में रहना है, समाज में मेरा रुतबा है। तुम इस बच्चे को खत्म कर दो, हम पहले

की तरह ऐश करते रहेंगे। तब उसने धिक्कारते हुए उससे कहा था कि हर बार तुमने मुझे विवाह का आश्वासन दिया था, और तुम्हारी बात पर विश्वास करके ही मैंने अपने आपको सौंप दिया था। अपने अंश की हत्या करके मैं एक ओर पाप की भागी नहीं बनना चाहती। तब उसने हँसकर कहा था, तुम्हारी मर्जी, मैंने तुम्हें उपाय तो सुझाया है। मानना-न-मानना तुम्हारी मर्जी है।

गायत्री देवी ने उसी दिन वह शहर छोड़ दिया था, और एक छोटे-से शहर में रहकर इस बच्ची को जन्म दिया और फिर अपने कलेजे पर पत्थर रखकर, इस बच्ची को अनाथालय में छोड़ा था। माता-पिता के होते हुए भी उसे अनाथालय में जीवन बिताना पड़ा। यही बच्ची वीणा नन्दिनी के नाम से जानी गयी और इसका पिता था सम्पत राय।

संगीत में गायत्री देवी की रुचि बचपन से थी और वे अच्छी गायिका भी थीं। किसी संगीत सम्मेलन में सम्पत राय उसके गुण तथा रूप पर मुग्ध हो गये थे। वे उसे किसी तरह झाँसा देकर अपने संग ले आये थे। यौवन की उत्ताल लहरों में गायत्री देवी बह गयी थी। बीस साल की अल्हड़ जवानी में वह इतनी बड़ी गलती कर बैठी थी। बेटी को अनाथालय में छोड़ संगीत में उन्होंने स्वयं को डुबो दिया था। कड़ी मेहनत से आज वो इस मुकाम तक पहुँच पायी थी।

वह सम्पत राय को दिखा देना चाहती थी कि वह उनसे किसी तरह कम नहीं है। सम्पत राय ने कई बार उनके पास आने का प्रयत्न किया, पर हर बार उसे मुँह की खानी पड़ी। गायत्री देवी के नाम के आगे किसी ने भी सम्पत राय को घास नहीं डाली। गायत्री देवी के पिता किसी रजवाड़े में मशहूर गायक थे और उन्होंने ही गायत्री देवी को संगीत की शिक्षा दी थी। इनके पिता अथाह सम्पत्ति छोड़कर मरे थे।

हीरे-मोतियों के ढेर और शानदार कोठी गायत्री देवी को विरासत में मिली थी, और उन्होंने उसे तरह-तरह के वाद्यों से सजा डाला था। रूप, गुण तथा दौलत– सब कुछ उनके पास था। जितना वो संगीत के प्रति जागरूक थीं, उतना ही अपने रूप के प्रति भी। अतः रूप तथा गुण, दोनों की महफिल में भौंरों का आना स्वाभाविक था। सम्पत राय भी रोजाना इस महफिल में आते थे, और जब से वीणा नन्दिनी यहाँ आयी थी, तब से तो वो समय से पहले ही आकर अपना आसन जमा लेते थे। और देर तक बैठे रहते थे उनकी व्याकुल आँखें, वीणा नन्दिनी को खोजती थीं।

एक दिन गायत्री देवी को किसी आवश्यक काम से बाहर जाना पड़ा। वह वीणा से बोली, मैं जल्द ही लौट आऊँगी, तुम बाहर मत निकलना। चौकीदारों को भी सचेत रहने का वो हुक्म दे गयी। सम्पत राय को इसी मौके का इन्तजार था। उसके आदमियों ने पहरेदारों को बेहोश करके वीणा नन्दिनी को उठा ले गये।

गायत्री देवी की दाहिनी आँख फड़कने से वह समझ गयी कि कुछ अनहोनी होने वाली है। जल्दी ही काम निपटाकर वह लौटी तो पहरेदारों को बेहोश पड़ा देख उनका माथा ठनका। घर में प्रवेश करने पर उन्हें वीणा नन्दिनी गायब मिली। गायत्री देवी एक पल में सब समझ गयी। सम्पत राय इतनी जल्दी अपने काम को अंजाम दे देगा, इसकी उन्हें कल्पना भी नहीं की थी। उन्होंने एक पल की भी देरी नहीं की। अपनी पिस्तौल को अपने पर्स में रखकर वह भागकर गाड़ी तक आयी और उन्होंने गाड़ी का रुख उसी ओर कर लिया, जहाँ उन्हें वीणा के होने की आशा थी। वर्षों पहले के सम्पत राय के गुप्त स्थानों को वे पहचानती थीं। जो स्थान सबसे सुरक्षित समझ कर सम्पत राय ने रखा था, वह वहीं चल पड़ी। रात्रि के घने अन्धकार में भी वह स्थान खोजने में उन्हें दिक्कत नहीं हुई। बीस साल पहले सम्पत राय उसे इसी स्थान पर रखते थे। धीरे-धीरे कदम रखती वो उस द्वार तक पहुँच गयी जो भीतर से बन्द था। पिस्तौल की एक गोली से दरवाजा खुल गया। छटपटाती वीणा को सम्पत राय के हाथों में देख वो गरजकर बोली, सम्पत राय, वीणा को छोड़ दो, वरना मैं गोली मार दूँगी।

बेहयाई से हँसता हुआ सम्पत राय बोला, गायत्री तुम जैसी सुन्दरी के हाथों में फूलों की माला होनी चाहिए। पिस्तौल तो हमारे हाथों में शोभा देती है। यह कहकर जैसे ही वह झपट्टा मारकर पिस्तौल छीनता, गायत्री देवी की गोली सम्पत राय के पैरों में लगी और वो गिर पड़े। वीणा उनके हाथों से छूट, गायत्री देवी से लिपटकर रोने लगी।

वह बोली माँ! आज आपने इस पापी से मेरी रक्षा कर दी, वरना मेरा सर्वनाश हो जाता। माँ! पिस्तौल मुझे दो, इसे आज मैं खत्म करूँगी।

जैसे ही वीणा पिस्तौल लेने आगे बढ़ी, गायत्री देवी की गम्भीर आवाज गूँजी, वीणा! पिता को मारकर पाप की भागी मत बनो। भगवान उसे उसके पाप की सजा जरूर देंगे। वीणा के हाथ रुक गये। आश्चर्य से वह कभी गायत्री देवी को देखती, तो कभी सम्पत राय को। सम्पत राय चीखे, यह कैसा मजाक है? गायत्री, इसमें भी तुम्हारी कोई चाल है क्या! गायत्री देवी चीखी, चालबाज तो तुम हो। धोखा देकर मेरा जीवन नष्ट कर मुझे औलाद दे दी। अपने कलेजे पर पत्थर रख उस औलाद को मैं अनाथालय छोड़ आयी, और यह वीणा, वही तुम्हारी औलाद है।

सम्पत राय की आँखों से पश्चात्ताप के आँसू अविरल बहने लगे। वे रोते-रोते बोले, जिस औलाद के लिए मैं जीवन भर तड़पा, आज वो मेरे सामने खड़ी है। यह कहकर जैसे ही सम्पत राय वीणा की तरफ बढ़ा, वीणा की कड़कती आवाज में यह शब्द सुनकर, कि ऐसे पापी पिता को जीने का कोई अधिकार नहीं है। उसे तो स्वयं

अपने को मार डालना चाहिए। कातर स्वर में सम्पत राय बोला–अपने पापी पिता को क्षमा कर दो। चलो बेटी, अपने घर चलो। यह सुन वीणा चिल्लाई, आप किस मुँह से मुझे अपनी बेटी कह रहे हैं, मैं केवल अपनी माँ की बेटी हूँ और जीवनपर्यन्त रहूँगी।

इतनी देर से चुप गायत्री देवी बोली, सम्पत राय, औलाद रहते हुए भी तुम बे-औलाद रहोगे। जीवन भर तुम तड़पोगे। तुम्हारे संग ही तुम्हारा वंश खत्म हो जायेगा। वीणा को मैं गोद लेकर सन्तान सुख भोगूँगी। यह कहकर गायत्री देवी और वीणा उस पाप पंक से निकल आयी और अपने कर्मों का पश्चात्ताप करते सम्पत राय को उन्होंने वहीं छोड़ दिया।

धरोहर

प्रोफेसर नीरजा अभी विश्वविद्यालय से पढ़ाकर घर लौटी थी। गर्मी के मारे वह बेहाल थी। मुँह से पसीना पोंछते-पोंछते उन्होंने घण्टी पर उँगली रखी पर काफी देर तक घण्टी बजने पर भी जब दरवाजा न खुला तो उन्हें बहुत गुस्सा आया। उन्होंने जोर से आवाज दी, "अशोक, दरवाजा खोलो। कब से घण्टी बजा रही हूँ।"

उनका बेटा अशोक हमेशा उनसे पहले कॉलेज से लौट आता था और उस दिन तो वह और भी जल्दी लौटने वाला था क्योंकि बी.ए. का उसका आखिरी परचा था। उनका खून खौल उठा। एक तो वह थकी थी, ऊपर से जोरों की गर्मी के कारण परेशान थी।

उन्होंने एक बार फिर जोर से अशोक को आवाज दी, पर दरवाज़ा खुलता न देख वह भुनभुनाती हुई बोली, "लगता है, नवाब साहब कूलर की हवा ले रहे हैं। इसी कारण मेरी आवाज उन्हें सुनाई नहीं दे रही है।" उन्होंने कुढ़ते हुए पर्स से दूसरी चाबी निकाली और दरवाज़ा खोलकर अन्दर घुसी। बिना पर्स रखे ही वह अशोक के कमरे की तरफ चल पड़ी पर वहाँ कूलर की आवाज आती न देख उन्हें आश्चर्य हुआ कि अशोक ने उनकी आवाज सुनी क्यों नहीं?

उन्होंने देखा कि दरवाजा अन्दर से बन्द है। उन्होंने काफी आवाजें लगायीं पर अशोक ने दरवाजा नहीं खोला। कई दिनों से देख रही थी कि अशोक पढ़ते पढ़ते किसी सोच में डूब जाता है। कभी-कभी उसके चेहरे पर दृढ़ संकल्प की छाया-सी तैर जाती, पर थोड़ी ही देर में वह सामान्य हो जाता।

लेकिन उन्हें फुरसत ही कहाँ थी जो जवान बेटे से कुछ पूछें? दरवाजा खुलता न देख उन्हें कुछ आशंका हुई। अपने शयन कक्ष से जो दरवाजा अशोक के कमरे में खुलता था, उन्होंने उसे दूसरी चाबी से खोला। दरवाजा खुलते ही वह चीख मारकर उस तरफ भागी जहाँ पंखे से अशोक का निर्जीव शरीर लटका था। उन्होंने उस के शरीर को छुआ। वह बर्फ के समान ठण्डा था। उन्होंने उसकी नब्ज़ देखी लेकिन वह

गायब थी। पागलों के समान वह मेज लेने दौड़ी। मेज़ पर रखा एक लिफाफा उठाकर पर्स में रख लिया।

फिर उनकी चीखों से पूरा घर गूँज उठा। देखते-ही-देखते पड़ोसी इकट्ठे हो गये। डॉक्टर भी भागे-भागे आये। लाश को फौरन पंखे से उतारा गया। शायद कई घण्टे पहले उसने आत्महत्या की थी।

नीरजा के पति डॉक्टर थे। उन्होंने पहुँचते ही देख लिया था कि सब खत्म हो चुका है। जवान बेटे की ऐसी मौत देखकर वह पत्थर की मूर्ति बन गये थे। पति पत्नी की आँखों से अविरल आँसू बहे जा रहे थे।

नीरजा ने बेटे के चेहरे पर से अपनी डबडबायी आँखें उठायीं। अशोक के चेहरे पर आँसुओं के निशान थे, जो सूख चुके थे। शायद मरने से पहले वह खूब रोया था। उसके गमगीन मुँह को देख नीरजा की छाती फटी जा रही थी।

पुलिस आयी और काफी छानबीन की, पर आत्महत्या का कोई सुराग नहीं मिला। मिलता भी कैसे वह तो नीरजा के पर्स में बन्द था।

सभी को आश्चर्य था कि अशोक जैसे सीधे, पढ़ाई में अव्वल आने वाले लड़के ने आत्महत्या क्यों की? उसके बारे में कोई प्रेम-प्रसंग की भी गुंजाइश नहीं थी क्योंकि वह बहुत संकोची स्वभाव का लड़का था। उसका कोई अभिन्न मित्र भी नहीं था, जिससे कोई जानकारी मिल पाती। हारकर पुलिस ने इसे आत्महत्या का केस दर्ज करके आगे कार्रवाई नहीं की।

आत्महत्या का राज केवल नीरजा के पास था। रात अकेले कमरे में जाकर उसने आँसुओं से डूबी आँखों से किसी प्रकार पत्र पढ़ा, जिसमें लिखा था—

'माँ, मैंने बहुत समझ-बूझकर यह निर्णय लिया है। यह एक दिन की भावुकता में उठाया हुआ कदम नहीं है, बल्कि वर्षों से जूझते मेरे मस्तिष्क का निर्णय है जो आगे सोच नहीं पा रहा था।

बचपन से जिस प्यार की मैंने आकांक्षा की थी, उसका पासंग भी तो मुझे नहीं मिला। पहले तुम अपनी पढ़ाई में व्यस्त रहीं, फिर पढ़ाने तथा शोध कार्य में। कभी तुमने आँख उठाकर देखा कि तुम्हारे बच्चे कैसे रह रहे हैं?

स्नेह और लाड़ का भूखा मेरा मन तुमसे लिपटने, तुमसे प्यार करने के लिए इतना मचलता था कि मैं भागा-भागा तुम्हारे पास आता, पर तुम्हारे तेवर चढ़े देख सहम कर चला जाता था। स्कूल में जब बच्चे अपनी माताओं की ममता भरी बातें मुझे सुनाते तो मेरा मन रो उठता था।

तुमने तो अपनी माँ से कम प्यार नहीं पाया था, पर मुझे देने में तुम इतनी कृपण क्यों बन गयी? मेरा शैशव रोते-रोते बीता। कभी प्यार से थपकी देकर तुमने

मुझे नहीं सुलाया। अकेले कमरे में अपने पलंग पर पड़ा मैं कभी-कभी डर जाता था। तब मैं भाग कर तुम्हारे कमरे में आकर कहता, "माँ, अकेले मुझे डर लगता है।"

लेकिन तुम डाँटकर कहतीं, तुम्हारा छोटा भाई भी तो सो रहा है, उसे डर नहीं लगता? इतने बड़े हो गये हो, कुछ तो सीखो। जाओ, अपने कमरे में चुपचाप सो जाओ। तुम लोग तो रात को भी चैन से सोने नहीं देते। तब अपना-सा मुँह लेकर मैं लौट आता था।

जब किसी विषय को मैं समझ नहीं पाता था तो तुम्हारे पास जाकर पूछता था, "माँ, यह सवाल मुझे नहीं आ रहा है, जरा समझा दो।"

लेकिन तुम घुड़ककर कहतीं, देखते नहीं हो, मैं पढ़ाई में लगी हूँ।

मैं मन मसोसकर रह जाता। स्कूल में मास्टर की डाँट खाकर मेरा मन कराह उठता था। सब जब स्कूल में स्वादिष्ट भोजन खाते तो अपनी सूखी डबल रोटी देख मेरी आँखें डबडबा जातीं। लड़के मेरी खिल्ली उड़ाते। तब मैं छिपकर अपना भोजन करता था।

जब बच्चे अपनी-अपनी माताओं की बातें चाव से एक-दूसरे को सुनाते तो मैं वहाँ से उठकर दूसरी ओर चला जाता। एकान्त ही मेरा साथी बनकर रह गया था। उस एकान्त में ही मुझे शान्ति मिलती थी क्योंकि वहाँ माँ की ममता भरी कहानियाँ मेरे कानों में सुनायी नहीं देती थी।

मेरे छोटे भाई शायद मेरे समान भावुक न रहे हों। अगर तुम्हें उनकी परवाह नहीं रहती थी तो वे भी तुमसे कटे-कटे रहते थे। वह जिस रास्ते जाना चाहते, उसी रास्ते निकल जाते क्योंकि उन पर किसी का अंकुश नहीं था। तुम्हें जरा भी उनकी तरफ देखने का अवकाश मिलता तो तुम देखती कि वे दोनों इस छोटी उम्र में ही शराब, सिगरेट जैसे व्यसनों के शौकीन बन चुके थे।

कई बार मैंने तुमसे कहने की हिम्मत जुटाई, पर तुम्हें मेरी बातें सुनने का समय ही कहाँ था। उल्टे तुम मुझे फटकारते हुए कहतीं, "आ गये मुझे परेशान करने? तुम बड़े हो...जाओ, अपने भाइयों की देख-रेख करो। मुझे काम करने दो। मैं शोधकार्य में जुटी हूँ। मुझे अपना शोध पत्र जल्दी ही देना है। अगर मैं तुम सबकी बकवास सुनती रही तो हो चुका मेरा शोध कार्य?"

मैं मायूस होकर लौट आता। तब मैं भाइयों को गन्दी आदतों को छोड़ने के लिए प्यार से समझाता तो वे कहते, "माँ तो कुछ बोलती नहीं हैं, यह जनाब हमें उपदेश दे रहे हैं। अपने उपदेश अपने पास रखो। हमें तुम्हारे समान संन्यासी नहीं बनना है।"

अपना-सा मुँह लेकर मैं अपने कमरे में आ जाता।

मैं अठारह साल का नवयुवक था। यह उम्र तो खेलने-खाने की होती है, पर

मैं दुनिया से कट-सा गया था। सिवा पढ़ाई के मेरा दूसरा कोई शौक नहीं था। जब मैं प्रथम आता तो बड़ी उमंग से अपना परीक्षाफल लेकर तुम्हें दिखाता। तुम उदासी से कहतीं, "ठीक है।"

क्या कभी तुमने मेरी पीठ ठोंकी या शाबासी के दो बोल बोले? मैं मायूस होकर अपने कमरे में आता तो दोनों भाई मेरी खिल्ली उड़ाते हुए कहते, "इतनी मेहनत करके तुमने कौन-सा तीर मार लिया। कितनी शाबासी माँ से पा ली। तुमसे अच्छे तो हम हैं जो मौज-मस्ती तो करते हैं। यह उम्र क्या बार-बार आती है। पिताजी अपने रोगियों में मस्त हैं तो माँ अपनी पढ़ाई में...फिर हम क्यों कुढ़ते रहें?"

माँ, जब मैं कॉलेज से थका लौटता था तो मन करता कि एक प्याला गरम चाय मिल जाती तो सब थकान उतर जाती। गरम नाश्ते के तो मैंने स्वप्न ही नहीं देखे। तुम उस समय घर में अपने सहयोगियों के संग हँसी-दिल्लगी करतीं। उनके लिए तुम कई-कई बार चाय बनातीं। मैं जब एक प्याला चाय की माँग करता तो तुम्हारा उत्तर होता," यहाँ इतने लोग बैठे हैं। कायदे से तो चाय तुम्हें बनाकर लानी चाहिए थी। उलटे तुम मुझसे माँग रहे हो। इतने बड़े हो गये हो, चाय बनाकर नहीं पी सकते।"

तब चाय की इच्छा के बदले यह तमन्ना होती कि कोई एक प्याला ज़हर ला कर दे दे। अपना भविष्य सँवारने के लिए तुमने अपना ममत्व तक दाँव पर लगा दिया। कैसी माँ हो तुम? माँ को तो ममतामयी कहा जाता है। एक वही तो है जो अपनी सन्तान के लिए जान तक देने में नहीं हिचकती। तुमने तो ममत्व को भी कलंकित करके रख दिया।

मैंने तो दुर्व्यसनों से अपने को बचाकर रखा था, पर जाते-जाते मुझे अपने भाइयों के भविष्य की चिन्ता सता रही है। जिस मार्ग पर उन्होंने कदम रखे हैं, वह उन्हें पतन की गर्त में झोंक देगा या फिर वह भी वही करेंगे, जो मैं कर रहा हूँ—

आज तुम एक पुत्र को खो रही हो। शायद भविष्य में उन दोनों को भी खो बैठो। जिस उज्ज्वल भविष्य के सपने तुम सँजो रही हो उसके बदले कहीं तुम्हारे हाथ में राख की तीन ढेरियाँ न आ जायें माँ, मैं जानता हूँ, मेरे जाने का अभाव किसी को नहीं खटकेगा। पिताजी के मरीज जिन्दाबाद और तुम्हारे सहयोगी। अलविदा माँ...एक दुखियारा।

पूरा पत्र पढ़कर नीरजा की आँखों से आँसू बहने लगे। उनका हृदय टूक-टूक हो गया। उनके बेटे ने सच ही तो लिखा था। अपने भविष्य के लिए ही तो उन्होंने सब कुछ किया। क्या कभी उन्होंने सोचा कि अगर बच्चों को उन्होंने जन्म दिया है तो सही ढंग से पालने का भी कर्त्तव्य उन्हीं का है। उनके जवान बेटे

ने एक बात भी तो गलत नहीं लिखी थी। काश, कुदरत पहले उन्हें सुबुद्धि दे देती तो आज इतने लायक तथा होनहार बेटे को वह न खो बैठती। न तो वह ममतामयी माँ बन पायीं और न ही आदर्श पत्नी। वेदना से उनका हृदय विदीर्ण होने लगा। वह पहले चेत गयी होती तो उन्हें यह दुख क्यों देखना पड़ता।

अपने स्वार्थी स्वभाव को याद करके वह रो पड़ी। गरमी की छुट्टियों में तो उन्हें समय मिलता था। कम-से-कम दो महीने तो वह बच्चों को दे सकती थी। पर वह समय तो वह कॉपियाँ देखने में बिता देती थी। यह सही था कि बचपन से उन्हें पढ़ने का शौक था। इसके अलावा वह शुरू से ही घर-गृहस्थी के कामों से दूर भागती थी। जब वह किसी स्त्री को दफ्तर या कॉलेज में नये-नये परिधानों में अपने सहयोगियों तथा अफसरों से हँसी-मजाक करते देखती तो ऐसा ही सपना वह भी देखने लगती। यही कारण था कि विवाह के पश्चात् भी वह पढ़ाई में जुटी रहीं।

विवाह के दो साल के अन्दर उनके पुत्र भी हो गया था। उसका नाम उन्होंने अशोक रखा था। छः साल में उनके तीन पुत्र हो गये थे। सास छोटे बेटे के पास रहती थीं क्योंकि उनकी वृद्धावस्था थी और वह इतनी बड़ी जिम्मेदारी लेने में असमर्थ थीं। छोटे बेटे के पास उन्हें सब सुख था। वैसे भी नीरजा के स्वभाव से वह परिचित हो चुकी थी। वह जानती थी कि जो माँ अपने बेटों को प्यार न दे पायी, वह सास को कैसे दे पायेगी।

तीनों बच्चे छोटे थे ही, कि उन्हें एम.ए. के बाद ही विश्वविद्यालय में प्रवक्ता का स्थान मिल गया। पति ने कहा भी था कि बच्चे अभी छोटे हैं, अभी नौकरी करना ठीक नहीं रहेगा। पर वह नहीं मानी क्या नौकरी पेड़ों पर लगती है, जब चाहा तोड़ लिया। कितनी मेहनत करके मुझे यह नौकरी मिली है। बच्चों के लिए आया रख लेंगे।''

डॉक्टर पति की जिन्दगी कम व्यस्त नहीं थी। जब माँ को बच्चों की तरफ देखने का अवकाश नहीं था तो उनसे क्या आशा की जाती?

कॉलेज जाने से पहले वह किसी प्रकार उलटा-सीधा खाना तथा नाश्ता तैयार करती और भाग खड़ी होती। बच्चों को ठण्डा खाना ही खाना पड़ता। वे बेचारे स्वयं ही निकालकर खा लेते। डॉक्टर भी दोपहर का खाना बाहर ही खा लेते थे। इस कारण भी नीरजा को चिन्ता नहीं रहती थी।

शाम जब वह लौटती तो तीन-चार सहयोगी उनके संग चले आते और चाय की फरमाइश करके वहीं जम जाते। भला एक सुन्दर, विदुषी स्त्री का सामीप्य वे क्यों छोड़ते। वह भी बड़े उल्लास से चाय, नाश्ता लाती और सब मिलकर हो-हल्ला मचाकर खाते।

बच्चे अन्दर कमरे में बैठे रहते। उन्हें जरा भी चिन्ता न होती कि बच्चों को भी कुछ दे दें, बल्कि उनसे कहा जाता है कि जब मेरे सहयोगी आयें तो आकर परेशान मत करना।

जब घण्टों बैठकर मित्रगण चले जाते तब वह आनन-फानन में कुछ उलटा-सीधा बनाती तथा बच्चों को हुक्म होता कि स्वयं थाली परोस लें। चूँकि अशोक सबसे बड़ा था, इस कारण भी काम की पूरी जिम्मेदारी उसे सौंप दी जाती थी। जब अशोक दस साल का हो गया तो वह और भी बेफिक्र हो गयी थी। कभी-कभी तो वह उसी से कहतीं, ''तुम कुछ बनाकर भाइयों के संग खा लेना, मैं अपने मित्रों के संग होटल में खाना खाकर लौटूँगी।'' पढ़ाई के साथ-साथ उसे घर के काम भी करने पड़ते थे। वह सभी कुछ खुशी-खुशी कर लेता, अगर माँ के दो मीठे बोल उसे सुनने को मिलते। पर नीरजा के कोश से तो 'प्यार' शब्द उड़ चुका था।

वह रात में देर से लौटतीं और यह भी न देखतीं कि इतने जाड़े में बच्चे ठीक से रजाई ओढ़े हुए भी हैं या नहीं। वह सीधा बिस्तर पर आतीं और खर्राटे भरने लगतीं। पति भी उसके इस रवैए से उदास रहने लगे थे। वह डॉक्टर थे, रात-बिरात उन्हें रोगियों को देखने जाना पड़ता था। जब थककर आते तो सोचते कि ऐसे जाड़े में उन्हें एक प्याला गरम चाय मिल जाती तो राहत मिलती। पर कमाऊ बीवी से कहने की उनकी हिम्मत न पड़ती। काँपते-काँपते वह रजाई ओढ़कर सो जाते।

नीरजा हर महीने चार हजार रुपये लाती थी। उन्हें वह अपने नाम से बैंक में जमा करती जाती थी। इतना तो डॉक्टर को विश्वास था कि जरूरत पड़ने पर यह रुपया वह दे देगी। इसी कारण भी वह गम खा जाते थे। डॉक्टर ने जमीन खरीद ली थी। मकान बनवाना जरूरी था। मकान बनवाते समय नीरजा उनकी मदद कर देगी, यह वह जानते थे।

नीरजा ने मकान बनवाने में सहर्ष उनकी मदद की। उसने बैंक से सभी पैसा निकालकर उन्हें देकर कहा, ''मकान मेरे नाम से बनेगा।''

डॉक्टर फौरन राजी हो गये क्योंकि नीरजा कैसी भी थी, उनकी पत्नी थी और भारतीय स्त्री कभी पति को घर से निकाल नहीं सकती।

मकान बनना शुरू हो गया। पति-पत्नी, दोनों और भी व्यस्त हो गये। अशोक को घर की जिम्मेदारी सौंप दी गयी। 18 वर्षीय अशोक को पढ़ाई के साथ-साथ घर-गृहस्थी भी चलानी पड़ रही थी। कभी-कभी वह थक जाता था। पेट तो आखिर भरना था, चाहे अच्छा खाना बने या बुरा। बी.ए. के इम्तिहान सिर पर आ गये थे। मकान करीब-करीब बन चुका था। बस, बाहर का पलस्तर और बढ़ई का काम बाकी था।

नीरजा किराये के मकान छोड़ नये घर में आ गयी थी। तय यह हुआ था कि

लकड़ी का काम वह अपने सामने करवाएँगे। जैसे-जैसे पैसे का जुगाड़ होता जायेगा, वैसे-वैसे काम होता जायेगा।

घर में गन्दगी फैली रहती थी। बढ़ई तथा मजदूरों के काम करने के कारण अशोक की पढ़ाई में बहुत विघ्न पड़ता था। उसे पढ़ाई के साथ-साथ मजदूरों की भी देख-रेख करनी पड़ती थी। जब नीरजा लौटती, तभी उसे कुछ समय के लिए फुरसत मिलती। तभी वह ठीक से पढ़ पाता था।

बी.ए. के इम्तिहान शुरू हो गये थे। बढ़ई की आरी की आवाज उसे चीर कर रख देती थी। दोनों भाई अगर मान जाते तो कुछ घण्टे वह कहीं एकान्त में जाकर पढ़ लेता, पर दोनों निठल्लों को यारबाज़ी से फुरसत कहाँ थी जो मजदूरों की निगरानी करते।

छोटा भाई उससे दो साल ही तो छोटा था पर शराब, सिगरेट तथा जुआ खेलने से उसे फुरसत कहाँ थी। जब वह अपनी ही पढ़ाई नहीं करता था तो उसकी सहायता क्या करता? दिन में ठीक से पढ़ाई न होने के कारण वह रात में बहुत देर तक पढ़ता था।

मृत्यु से एक दिन पहले वह अपनी पढ़ाई में इतना खो गया कि उसे ज्ञात नहीं हुआ कि मजदूर कब चले गये। उसे पढ़ाई में डूबा देख शायद बढ़ई कुछ महँगी लकड़ी चुराकर ले गये थे। नीरजा प्रत्येक चीज का हिसाब रखती थी। अपनी पैनी दृष्टि से ही उसने भाँप लिया कि लकड़ी के दो-तीन अच्छे टुकड़े गायब हैं।

वह फौरन अशोक के पास पहुँची और बोली, "शाबास बेटा, खूब घर की निगरानी कर रहे हो। बढ़ई लकड़ी चुराकर ले गया और आप अपनी मौज-मस्ती में डूबे रहे। खुद की कमाई नहीं है न। दिन भर मरती हूँ, तभी पैसा आता है, उसे तुम जैसे नालायक बेटे लुटाते हैं। हाय, मुझे कैसी निकम्मी औलाद मिली है, जो रोटियाँ तोड़ना तो जानती है पर काम करना नहीं। डूब मरो चुल्लू भर पानी में।"

यह कहती हुई वह कमरे से बाहर आ गयी और पीछे छोड़ गयी एक ऐसे दुखियारे को, जिसने कभी मीठे वचनों का मर्म ही नहीं जाना था। किताब के ऊपर उसके आँसू गिरते रहे। वह केवल आँसू नहीं थे, बल्कि एक ऐसी कसक थी जो आँसू बनकर उसके हृदय के उद्‌गार प्रगट कर रही थी।

उसका यह आखिरी परचा था। सभी परचे बहुत अच्छे हुए थे। उसने आँसुओं से भरी आँखें ऊपर उठायी।

अशोक ने जबर्दस्ती अपने आँसुओं को रोका। देखा, किताब का वह पन्ना एकदम गीला हो गया है। उसे उसने पंखे के नीचे सूखने को रख दिया। फिर स्नानघर में जाकर मुँह-हाथ धोया। पूरी रात उसने पढ़ाई में काट दी। नीरजा

उसके कमरे में आयी और बोली थी, "नवाब साहब, यह नौकरानी कब तक आपके खाना खाने का इंतजार करेगी?"

उसने निर्विकार भाव से उत्तर दिया था, "मुझे भूख नहीं है।"

तब वह बोली थीं, "ठीक है, रहो भूखे। देखती हूँ, कितने दिन रह पाओगे।"

अशोक ने अनमने भाव से उत्तर दिया था, "माँ, शायद अब उसकी जरूरत नहीं पड़ेगी।"

नीरजा कुढ़कर बोली, "एक तो चोरी ऊपर से सीनाजोरी। गलती करके अकड़ना कोई तुमसे सीखे। ठीक है, खाना रखा है। भूख लगे तो निकालकर खा लेना।"

रात ही अशोक ने निश्चय कर लिया कि इस जिन्दगी से तो मौत कहीं अच्छी होगी। अब उसी को गले लगाना है, पर यह आखिरी परचा खत्म करके ताकि कोई यह न समझे कि इम्तिहान में किसी परचे के खराब होने के कारण मैंने आत्महत्या की है।

यह निश्चय करने के बाद उसके मुख पर एक करुण शान्ति व्याप्त हो गयी। रात इतनी फटकार खाने पर उसका शान्त मुख देख नीरजा को लगा था कि कहीं आँधी आने के लक्षण तो नहीं हैं। पर कॉलेज जाने में देर होती देखकर जल्दी ही सब कुछ भूल गयी और लौटने पर यह दृश्य देखना पड़ा था।

आखिर वह माँ थी। पुत्र के प्रति अपने अमानवीय बर्ताव को याद करके उनका हृदय फटा जा रहा था। ऐसा लग रहा था कि उनके हृदय में कोई हथौड़ा मार मार कर कह रहा हो, 'तुम्हारे कठोर व्यवहार, तिरस्कार और अवहेलना के कारण ही तुम्हारे जवान पुत्र ने आत्महत्या की है।'

रात्रि के निविड़ अन्धकार में एक करुण चेहरा अपनी गमगीन आँखें उठाकर उनसे पूछता, 'माँ, मेरा अपराध क्या था? तुम तो मेरी सगी माँ थी, कोई सौतेली नहीं कि मैं सन्तोष कर लेता कि सौतेली माँ ऐसी होती ही है, पर तुम्हारा ऐसा बर्बर व्यवहार मैं कैसे सहन कर पाता? अठारह साल मैंने कैसे काटे, यह मेरा ही दिल जानता है।'

वह दोनों हाथों से अपने कान बन्द कर लेती। उनका मन चीख-चीखकर उन्हें धिक्कारते हुए कहता, 'अपने भविष्य को सँवारने में ही तूने अपनी समस्त पूँजी लगा दी थी। क्या मिला तुझे? केवल ऐसी त्रासदी जो जीवनपर्यन्त तुझे जलाती रहेगी। मरकर तो शान्ति मिल जाती है, पर यह पीड़ा तो अन्त समय तक तुझे सालती रहेगी।'

पुत्र के प्रति कठोर व्यवहार के दृश्य चलचित्र की भाँति आ-आकर उन्हें उत्पीड़ित करने लगते। एक ही आवाज उनके हृदय को छेद-छेद कर निकल रही थी,

"तू ही अपने पुत्र की हत्यारिणी है। तेरी अवहेलना, तिरस्कार तथा कठोर वचनों ने ही उसे आत्महत्या करने को मजबूर किया। उस पुत्र के जीवन को तो तूने कौड़ियों से तौला था, पर जाते-जाते भी वह तुझे मालामाल कर गया है। जो चेतावनी वह तुझे देकर गया है वह जीवनपर्यन्त दीपक बनकर तेरा मार्गदर्शन करती रहेगी। यह सही है कि तूने अपनी बहुमूल्य पूँजी गँवाकर इसे पाया है। पर जो धरोहर तेरा पुत्र तुझे सौंप गया है, वह भी कम कीमती नहीं है।"

नीरजा ने उस पत्र को स्नेहपूर्वक माथे से लगाया, जैसे वह कोई अनमोल वस्तु हो। फिर छलछलाती आँखों से उस प्रिय धरोहर को अपनी अलमारी में रख दिया।

मंज़िल

ब्रेकों की चीख से सड़क गूँज उठी। दो बसों के बीच एक कार इतनी ज्यादा दब गयी थी कि उसकी शक्ल का पता ही नहीं चल रहा था। बसों में बैठे यात्री एक दूसरे पर गिरे पड़े थे। बीच में फँसी वह कार, जिनमें बैठे तीन प्राणियों में से दो के शरीर ऐसे पिचक गये थे कि उनकी शक्लों का अन्दाज़ा लगाना कठिन था।

पीछे बैठा नौकर अपनी अन्तिम साँसें गिन रहा था। दुर्घटना इतनी भयंकर थी कि देखने वालों ने अपनी आँखें बन्द कर ली थी। महिला तथा अधेड़ व्यक्ति के क्षत-विक्षत शरीर में काँच के असंख्य टुकड़े धँसे हुए थे और खून से गाड़ी भरती जा रही थी।

यह गाड़ी डॉ. प्रशान्त की थी और महिला थी, उनकी समधिन दिव्या। अपनी अन्तिम सासों में जो बयान नौकर ने दिया, वह इस प्रकार था—डॉक्टर साहब को रास्ते में अपनी समधिन दिव्या दिखायी पड़ी, जो टैक्सी के इन्तजार में खड़ी थीं। उन्होंने उन्हें लिफ्ट दी। रास्ते में डॉ. साहब चुटकुले सुना-सुनाकर अपनी समधिन को हँसा रहे थे। गाड़ी की रफ्तार कब तेज हो गयी, उन्हें पता ही न चला। वह आगे चल रही बस से अपनी गाड़ी को आगे निकालना चाहते थे तभी सामने से तेज रफ़्तार से आती एक अन्य बस से कार जा टकराई।

बसों में बैठे यात्री भी जख्मी हो गये थे। चारों तरफ कोहराम मच गया था। डॉ. प्रशान्त शहर के जाने-माने डॉक्टर थे। उनके बेटे, बहू तथा समधिन के पति प्रमोद को खबर कर दी गयी। तीनों भागते हुए घटनास्थल पर पहुँच गये। तीनों ही स्तब्ध खड़े थे।

बहू नूपुर स्वयं डॉक्टर थी। उसने सास को गले लगा लिया। वह रोये जा रही थी, पर सास की आँखों में एक बूँद भी आँसू नहीं निकला। वह पति के जख्मी शरीर को एकटक निहारे जा रही थी।

नूपुर ने रोते-रोते सास के कानों में कहा, “माँ, बाबू जी हमें छोड़कर चले

गये।" दो-तीन बार कहे गये इन शब्दों से सास की चेतना भंग हुई। फिर तो उनका बाँध टूट गया। वह बिलख-बिलख कर रोते-रोते बहू से चिपक गयी।

पास खड़े प्रमोद, जिनका संसार उजड़ गया था, एकटक अपनी जीवनसंगिनी का शव निहार रहे थे। सास को छोड़ नूपुर अपने पिता से चिपक गयी। उसके रुदन से पास खड़े लोगों की आँखों में भी आँसू भर आये। रोती-रोती वह अपनी माँ के क्षत-विक्षत शरीर से चिपक गयी थी, उसकी साड़ी खून से लथपथ हो गयी थी। बाप का हाथ पकड़कर बेटी उन्हें घर लायी और माँ का हाथ पकड़कर बेटा। एक दिन में ही दो सुखी परिवारों पर बिजली गिर पड़ी।

प्रमोद व्यवसायी थे। उन्होंने एकान्तवास ले लिया। स्त्रियाँ तो रो-धोकर अपना बोझ हल्का कर लेती हैं, पर पुरुष तो अपने हृदय में दुखों को पालकर घुट-घुटकर मरते हैं। पत्नी के संग बिताये पच्चीस साल क्या सरलता से भुलाये जा सकते हैं?

प्रमोद गम्भीर प्रकृति के व्यक्ति थे। अपनी बेटी तथा पत्नी के सिवा उनके जीवन में तीसरा प्राणी स्थान नहीं ले पाया था। ऐसे व्यक्ति के लिए समय काटना कितना कठिन था? बेटी डॉक्टर थी। विवाह हो चुका था। वह किसी दूसरे के घर की शोभा थी।

प्रमोद का कोई दूसरा शगल होता तो शायद वह उसमें रम जाते। पर जीवनपर्यन्त वह क्लब, शराब जैसे व्यसनों से दूर ही रहे। इस उम्र में दूसरा शगल बनाना आसान नहीं होता। हाँ, उन्होंने धीरे-धीरे पुस्तकों को अपना साथी बनाना शुरू कर दिया। उनके पास इतना पैसा था कि वह आराम से जीवन-यापन कर सकते थे। बेटी की उन्हें चिन्ता नहीं थी। वह तथा उसके पति आलोक, दोनों ही डॉक्टर थे। पिता भी अथाह पैसा छोड़कर मरे थे। इसलिए बेटी की तरफ से वह निश्चिन्त थे।

मन को समझाना इतना सरल नहीं होता। चौबीस घण्टे तो कोई पुस्तकों में डूबा नहीं रह सकता। जब भी वह खाली बैठते, पत्नी की सुन्दर छवि उनके सामने खड़ी हो जाती। वह उसे पकड़ने के लिए जैसे ही हाथ बढ़ाते, वह छवि धूमिल होती होती, गायब हो जाती। उन्हें अपने तन-मन की होश न थी। कई-कई दिन वे नहाते तक न थे। बिना शेव के उनकी दाढ़ी-मूँछें भी बढ़ गयी थीं।

नूपुर आती तो उनकी दशा देखकर रो पड़ती। वह उन्हें समझा-बुझाकर शेव करवाती। वह एक दिन भी शेव का नागा करते तो दिव्या रूठकर कहती थी, "यह क्या शक्ल बना रखी है? चलो, पहले शेव करो।" पर अब कौन था जो उनके हाथों में शेव का सामान पकड़ाता?

उनकी भूख-प्यास भी कम होती जा रही थी। नौकर कई बार नूपुर से कह

चुका था कि साहब बहुत कम खाना खाते हैं, पर वह बेचारी बेबस थी। एक तो उसका डॉक्टरी का पेशा, दूसरे सास अनुराधा को समझाना-बुझाना।

अनुराधा का शरीर कंकाल होता जा रहा था। उन्हें देखकर पहचानना भी मुश्किल था। उनका श्रीहीन चेहरा देखकर बेटा तथा बहू उनके जीवन से निराश होते जा रहे थे। दवाइयाँ वह खाती नहीं थी। ''अब इस जीवन में धरा ही क्या है जो उसे जीवित रखने का प्रयास करूँ? मेरा जीवन तो उसी दिन खत्म हो गया था, जिस दिन मेरे जीवन-धन मुझे अकेला छोड़कर चले गये थे।''

उन्हें समझाना बड़ा कठिन था। अगर घर में पोता-पोती होते तो शायद वह अपने को सम्भालकर उनमें रम जाती, पर नूपुर के विवाह के चार साल होने पर भी बच्चा नहीं हुआ था और न ही कोई सम्भावना थी क्योंकि परीक्षण के बाद यह तय हो गया था कि नूपुर माँ नहीं बन सकती।

बेटे और हू के क्लीनिक में चले जाने के बाद अनुराधा नितान्त अकेली हो जाती थी। उन्होंन लोगों से मिलना-जुलना भी छोड़ दिया था। वह अपने कमरे में पड़ी-पड़ी पति की तस्वीर को कलेजे से लगाये रोती रहती। जब बेटा और बहू लौटते तो उनकी सूजी हुई आँखें देखकर सब समझ जाते।

वे भी क्या करते। कितने दिन काम छोड़कर घर बैठते नूपुर के ऊपर सास तथा पिता, दोनों का दुःख टूट पड़ा था। कभी वह भागी-भागी पिता को समझाने जाती और कभी ससुराल लौटकर सास की देखभाल करती। वह देख रही थी कि उसके समझाने पर भी दोनों में से किसी पर रत्ती भर असर नहीं हो रहा है। दोनों ही अपने को सँभालने में असमर्थ थे।

कई बार वह अपने पिता को लेकर आती, और सास को बुलाकर चारों ताश खेलते, पर थोड़ी देर में सास रोती-रोती उठकर कमरे में जाकर सिसकियाँ भरने लगती। अनुराधा को वह समय याद आता, जब वह रात को पति के संग ताश खेलते समय खूब बेईमानी करके उन्हें हराती थी।

पति सब समझते थे, पर एक बच्चे के समान उनसे लड़कर कहते, ''आप बड़ी बेईमान हैं, हम आपसे नहीं खेलते हैं।''

फिर मान-मनौअल चलता। अन्त में दोनों ही खिलखिलाते हुए एक-दूसरे के आगोश में खो जाते। वह सोचती, ''कहाँ गये मेरे वे स्वर्णिम दिन? कैसे और कहाँ खोजूँ उन्हें?' रात में स्वप्न में वह देखती कि पति आये हैं और उनका हाथ पकड़कर ले जाना चाहते हैं पर वह उत्तर देती हैं, ''रुक जाओ, मैं थोड़ा काम निबटा लूँ।''

आँख खुलने पर वह अपने को कोसती, 'काश, मैं उनके संग चली जाती। वह मुझे कितने प्यार से ले जाना चाहते थे।'

अनुराधा धर्मधीरु नारी थी। आत्महत्या से वह दूर रहना चाहती थी। उनका

विश्वास था कि आत्महत्या करने वाला व्यक्ति कभी अपने प्रिय से मिल नहीं पाता। उन्होंने दूसरा रास्ता अपनाया। खाना न खाना और दवा फेंक देना। अपने शरीर के ऊपर अत्याचार करना ही अब उनका लक्ष्य बन गया था। उन्होंने सोचा शरीर को कष्ट देकर वह उससे मुक्ति पा लेंगी। पर यह सोचना भी गलत साबित हो रहा था। मौत का परवाना अभी उनके नाम नहीं आना था। बस शरीर भोग रहा था और वह इस जिन्दगी से बेजार होती जा रही थी।

एक दिन आलोक तथा नूपुर ने अखबार में पढ़ा कि कैलिफोर्निया के एक अस्पताल में डॉक्टरों की आवश्यकता है। दोनों ने आवेदन पत्र भेज दिये। संयोग से दोनों की नियुक्ति वहाँ हो गयी। उन्होंने सोचा, स्थान बदलने से शायद उनके माता-पिता को कुछ राहत मिले। जिस स्थान तथा घर में उन्हें अपने संगी खोना पड़ा है, उस स्थान की स्मृतियाँ उन्हें जीने नहीं देंगी। अच्छा यह हो कि वे दोनों को इन स्मृतियों से दूर ले जाकर एक नये प्रभात का सूर्य दिखाएँ।

नूपुर ने पिता तथा सास से चलने का आग्रह किया तो दोनों ने इनकार कर दिया।

तब नूपुर ने कहा, "ठीक है, अगर आप दोनों नहीं चाहते कि हमारी तरक्की हो तो हम भी जाने का विचार त्याग देते हैं। आप दोनों से एक दिन भी हम अलग नहीं रह पायेंगे।"

दोनों ने ममत्व की दृष्टि से अपने बच्चों की तरफ देखकर कहा, "नहीं-नहीं, हम दोनों तुम्हारी तरक्की में रोड़ा नहीं बनेंगे। तुम्हारी खुशी हमारी खुशी है। हम दोनों भी साथ चलेंगे।"

कैलिफोर्निया पहुँचकर उन्होंने एक बड़ा मकान ले लिया। नूपुर के पिता तथा सास उन्हीं के संग रहने लगे। सुबह होते ही नूपुर और आलोक तैयार होकर अस्पताल चले जाते। अनुराधा घर का सारा काम-काज सँभालती थी।

कुछ दिन तो प्रमोद चुपचाप अपने कमरे में रहे। किन्तु जब उन्होंने देखा कि अनुराधा पर पूरे काम की जिम्मेदारी आ गयी है तो वह धीरे-धीरे उसका हाथ बँटाने लगे। शुरू-शुरू में अनुराधा ने उन्हें मना किया, पर जब वह नहीं माने तो वह उनकी मदद लेने लगी।

घर के कार्यों में एक-दूसरे को सहयोग देते-देते दोनों बातें भी करने लगे। अनुराधा एक सुघड़ गृहिणी के समान उनका ख्याल रखने लगी। धीरे-धीरे काम में व्यस्त रहने के कारण उनकी उदासी भी दूर होने लगी। अब वे दोनों घर का सामान खरीदने के लिए बाहर भी जाने लगे।

नूपुर तथा आलोक यह देखकर बहुत प्रसन्न हुए और निश्चिन्त होकर अपने काम में जुट गये।

दिन भर तो अनुराधा तथा प्रमोद घर के काम में व्यस्त रहते थे, पर रात जब वे बिस्तर पर लेटते तो अपने-अपने प्रिय की छवि उनके सामने खड़ी हो जाती। उस समय उन दोनों के धैर्य का बाँध टूट जाता। सुबह उन दोनों की सूजी आँखें उनकी वेदना को खोलकर रख देतीं।

नूपुर ने सोचा, अब उसे सास तथा पिता से स्पष्ट बात करनी पड़ेगी। एक दिन सुबह नूपुर तथा आलोक ने अपने-अपने माता-पिता को बुलाकर कहा, "पिताजी तथा माँ जी, आज हम दोनों आप से एक चीज माँगते हैं अगर आप दे सकें तो दे देना, वरना मना भी कर सकते हैं।"

दोनों एक साथ ही बोल उठे, "बच्चो, हमारा सब कुछ तो तुम्हारा ही है।"

"नहीं, कुछ चीजें आपकी निजी हैं, उन्हें लेने का अधिकार हमें नहीं है। वह तो आप दोनों हमें प्यार तथा स्वेच्छा से देंगे, तभी हम अंगीकार करेंगे।"

प्रमोद ने आश्चर्य से बच्चों की तरफ निहारते हुए कहा, "अगर तुम हमारी जान भी माँगो तो हम संकोच नहीं करेंगे। बोलो तो सही, तुम्हें क्या चाहिए? जितनी देर तुम यह पहेली बुझाओगे, हमें कष्ट होगा। जो चीज भी तुम्हें चाहिए, वह हम तुम्हें खुशी से देंगे।'

नूपुर तथा आलोक मुस्कराकर बोले, "तो हमारे सिर पर हाथ रखकर प्रतिज्ञा कीजिए कि हम जो माँगेंगे, वे आप दोनों खुशी से देंगे।"

दोनों के स्वीकारने के बाद प्रमोद तथा नूपुर बोले, "तो दे दीजिए अपनी सुखद स्मृतियों के विशाल वृक्ष और रोप दीजिए एक नया पौधा वह हमारा परम सन्तोष तथा सुख होगा।"

दोनों ने अचकचाकर उनकी तरफ देखा। उन दोनों बच्चों ने उनके हाथ एक-दूसरे को पकड़ाते हुए कहा, "आज से आप दोनों एक नया जीवन आरम्भ कीजिए उसी में हम सब का सुखद भविष्य भी निहित होगा।"

माँ झटके से खड़ी हो गयी और रुँधे कंठ से बोली, "बेटी, ऐसी नासमझी की बातें नहीं करते। मैं भारतीय नारी हूँ, मेरा स्थान तो पति के चरणों में था और जीवनपर्यन्त ही मेरी थाती हैं। उसी के सहारे में जीवन-यापन कर लूँगीं। तुम्हें सब कुछ दे सकती हूँ, पर वे मधुर स्मृतियाँ नहीं। वे तो मेरी जान से ज्यादा अमूल्य हैं।"

नूपुर भरे गले से बोली, "ठीक है माँ, मैं तुम्हारी मधुर स्मृतियाँ लेने वाली कौन होती हूँ। तुम्हारी बेटी नहीं हूँ न। इसलिए दिये वचन से मुक्त होना चाहती हो?" यह कहकर वह फफक-फफककर रो पड़ी।

बहू के सिर पर प्यार से हाथ फेरते हुए अनुराधा ने कहा, "बेटी, स्मृतियों से पार पाना सरल नहीं होता। वे तो अमिट होती हैं, फिर भी मैं तुम दोनों के सुख के

लिए यह भी करूँगी।''

नूपुर भर्राए गले से बोली, ''माँ, कोई जानवर भी पालता है तो उससे स्नेह हो जाता है। मैं तो आपको एक ऐसे दुखी मनुष्य को सौंप रही हूँ, जो तिल-तिल कर के अपने को मौत के मुँह में ले जा रहा है। उसे अपना मित्र समझकर उसकी बागडोर अपने हाथ में ले लो। दो दुखी अपना-अपना दुख बाँट लो। फिर देखना, वह दुख कितना हल्का हो जाता है।

''समय की चादर सब भुला देती है। कुदरत कुछ छीनती है तो कुछ देती भी है। मेरा विश्वास करो माँ, किसी दुखी को सुख पहुँचाने से बढ़कर कोई दूसरा सुख नहीं होता। आज हम आप दोनों को मित्रता के बन्धन में बाँध देते हैं। तुम कहोगी, मित्र तो हम अभी भी हैं। पर माँ, हम सामाजिक प्राणी हैं। एक ऐसे समाज में रहते हैं, जहाँ कुछ पाबन्दियाँ हैं, जिनका हर एक को पालन करना पड़ता है। न तो तुम बहन बनकर रह सकती हो, न ही मित्र। किसी स्त्री का पुरुष मित्र समाज को मान्य नहीं होता। इसी कारण तुम्हें इस सम्बन्ध को जोड़ना पड़ेगा ताकि समाज हमारी तरफ उँगली न उठा सके। आपको पिताजी के संग शादी करके ही समाज का मुँह बन्द करना है।''

इतनी देर से चुप बैठे प्रमोद बाबू ने मुँह खोला, ''बेटी, मेरे सुख की खातिर तू दूसरों की बलि चढ़ायेगी, यह मुझे मान्य नहीं है। बलि होती स्त्री की आँखें मैं बरदाश्त नहीं कर पाऊँगा। अपनी प्रतिज्ञा से हम दोनों को मुक्त कर दे बेटी। वह जीवन भी क्या जीवन है, जो स्वेच्छा से वरण न किया गया हो।''

''पिताजी, संसार में कुछ बातें ऐसी होती हैं जो देखने में बहुत कठिन लगती हैं, पर परिस्थितियाँ उन्हीं को सरल बना देती हैं। मैं मानती हूँ, पत्नी तथा पति के संग की मधुर स्मृतियाँ सरलता से नहीं भुलाई जा सकतीं। पर अपने को तिल-तिल कर के जलाना भी तो अपराध ही है। कुदरत ने जिन्दगी दी है जीने के लिए, संघर्षों से जूझने के लिए तथा दूसरों का दुख हल्का करने के लिए।'' नूपुर ने डबडबाये नेत्रों से पिता की ओर देखा।

प्रमोद कुछ बोलने वाले ही थे कि नूपुर ने उनके मुँह पर हाथ रखकर फिर कहना शुरू किया, ''मेरे अच्छे पिताजी, आप दोनों इतने स्वार्थी मत बनिये। आप अपने लिए जीना चाहते हैं, कभी दूसरों के लिए जी कर देखिये। उसमें जो सुख है, वह अन्यत्र नहीं मिलेगा। वह जीवन भी क्या जीवन है, जिसमें त्याग न हो। आप दोनों सोचकर अपना फैसला कीजियेगा। मुझे जल्दी नहीं है।'' यह कहकर वह तीव्र गति से कमरे से बाहर आ गयी और छोड़ दिया उनको अपना निर्णय देने के लिए।

प्रमोद ने डबडबाई आँखों से अनुराधा की तरफ देखते हुए कहा, "मैं आप पर जोर नहीं डालता, पर जब देखता हूँ कि हमारे कारण हमारे बच्चों के चेहरे दिन-ब-दिन मलिन होते जा रहे हैं तो अपने स्वार्थी स्वभाव पर लज्जा आती है। दो साल से हम उन्हें मर्मान्तक पीड़ा दे रहे हैं। आपने इन दो सालों में उन्हें कभी खुलकर हँसते देखा? वे दोनों ही हमारे गम के साझीदार बनकर हमारे जैसा ही जीवन व्यतीत कर रहे हैं। सोचो अनुराधा जी, क्या हम दोनों उनके संग अन्याय नहीं कर रहे? यह सही है कि अपने को तिल-तिल कर जलाने से मौत तो आने से रही क्योंकि प्रकृति ने हमारे जाने का समय निश्चित कर रखा है। हमें तो जब बुलावा आयेगा, तभी जाना पड़ेगा। अब फैसला आपको करना है, मैं तो अपना फैसला कर चुका।"

अनुराधा ने करुण दृष्टि से प्रमोद की तरफ देखते हुए कहा, "अब आपका फैसला और मेरा फैसला एक ही है। पर एक बात आप भी याद रखियेगा। मैं आपको धोखा नहीं दूँगी। अपने पति की स्मृतियों की थाती मैं जीवनपर्यन्त अपने हृदय में सँजोए रखूँगी। आप मेरे सच्चे मित्र बन सकते हैं, दुख-सुख के साथी बन सकते हैं, पर पति नहीं। दुनिया का मुँह बन्द करने के लिए हम पति-पत्नी रहेंगे, पर सच्चे हृदय से हम दोनों एक-दूसरे का दुःख बाँटने वाले अभिन्न मित्र रहेंगे। अगर यह आपको मंजूर हो, तभी निर्णय लीजिएगा।"

प्रमोद ने भरे गले से कहा, "अनुराधाजी, मेरा विश्वास कीजिए मैं भी अपनी पत्नी की मधुर स्मृतियों में किसी का बँटवारा स्वीकार नहीं करूँगा।"

अनुराधा के मुख पर सन्तोष की एक सीमित रेखा-सी खिंच गयी। वह बोली, 'तो उठिये प्रमोद बाबू, हम अपने निर्णय से बच्चों को अवगत करा दें।"

उन दोनों का निर्णय सुनकर आलोक तथा नूपुर ने परम सन्तोष की साँस ली।

दूसरे दिन कचहरी में जाकर दोनों ने शादी कर ली। प्रमोद ने एक छोटा-सा फ्लैट किराये पर ले लिया और अनुराधा के संग उसमें रहने चले गये। अनुराधा ने बड़े प्रेम से उस फ्लैट को सजाया। अब वह तथा प्रमोद, दोनों ही अपनी गृहस्थी में व्यस्त हो गये।

अस्पताल से लौटते समय नूपुर तथा आलोक वहाँ खाना खाते और घण्टा भर रुककर घर लौट जाते। अनुराधा प्रमोद का बहुत खयाल रखती। दिनोंदिन उनका स्वास्थ्य भी सुधरने लगा। उन्होंने एक छोटी-सी दुकान खोल ली थी जिसमें हिन्दुस्तान की बनी सभी चीजें उपलब्ध थीं। उनका व्यापार चल निकला था और खर्चा मजे में चल रहा था।

एक दिन शाम के समय जब नूपुर लौटी तो उसकी गोद में एक बड़ा प्यारा-सा बच्चा देख अनुराधा तथा प्रमोद आश्चर्यचकित रह गये। नूपुर ने मुस्कराकर कहा,

"माँ, तुमने बहुत दिन आराम कर लिया, अब मेरे बेटे को पालो। यह हम सबका है। तुम जानती हो माँ, बच्चे का अभाव हमें हमेशा खटकता था। पर हमारी मजबूरी थी। मैं बच्चे की देख-रेख नहीं कर सकती थी, इसी कारण हमने बच्चा गोद नहीं लिया था। इस बच्चे की माँ इसे जन्म देते ही मर गयी थी और मरते-मरते इसे मेरे हाथों में सौंप गयी थी। अब तुम्हीं इसकी सब कुछ हो। यहाँ पलकर भी यह बच्चा भारतीय संस्कृति का प्रतीक रहेगा। तुम इसे भारतीय संस्कृति के अनुरूप ही ढालोगी। आज इसका नामकरण तुम ही करोगी।"

अनुराधा ने बड़े प्यार से बच्चे को गोद में लेकर कहा, "इस बच्चे का नाम नवप्रभात रखेंगे, क्योंकि इसके आने से हमारे जीवन में एक नये प्रभात का उदय हुआ है। यह नवप्रभात हम सबके लिए खुशियाँ लेकर आया है। बेटी, इस बच्चे को लाकर तुमने हम सबकी जीवनधारा ही बदल दी है। यही हमारे खानदान का चमकता हुआ सितारा है।" यह कहकर उन्होंने बच्चे को भींचकर अपनी छाती से लगा लिया।

नवप्रभात धीरे-धीरे बड़ा होने लगा। उसकी तोतली बोली सुनकर वे चारों प्राणी खुशी से झूम उठते। अब वह उँगली का सहारा लेकर चलने लगा था। उसने उन्हें इतना मोह लिया था कि प्रमोद तथा अनुराधा सभी कुछ भूल गये थे। वह अनुराधा को 'माँ' तथा प्रमोद को 'पिताजी' कहता था। नूपुर तथा आलोक को 'मम्मी', 'पापा' कहकर बुलाता था।

समय बीतता गया। नवप्रभात पन्द्रह साल का हो गया था। वह भारतीय संस्कृति का प्रशंसक था। उसे अपनी भाषा तथा संस्कृति पर गर्व था। यद्यपि उसे कई भाषाएँ आती थीं, पर वह सभी से हिन्दी में बोलता था। अनुराधा पैंसठ साल की हो गयी थी। इन पन्द्रह सालों में उसने अपना मस्तिष्क सन्तुलित कर लिया था। जीवन का अवसान समीन आ रहा था। इधर कई महीनों से वह बीमार चल रही थी।

नवप्रभात तथा प्रमोद उनकी सेवा में जुटे रहते थे। अनुराधा जबर्दस्ती उन्हें काम पर भेजती थी, पर थोड़ी देर बाद ही प्रमोद दुकान बन्द करके चले आते। वे रात को भी जागते थे ताकि अनुराधा को स्वयं उठकर कुछ लेना न पड़े। रातों को जागते रहने से उनका स्वास्थ्य भी तेजी से गिरता जा रहा था।

अनुराधा यह सब देखकर दुखी होकर कहती, "मुझ अकिंचन के लिए तुम इतना दुःख क्यों झेल रहे हो?"

प्रमोद हँसकर कहते, "अनुराधा, मैं तुम्हारा मित्र हूँ, मुझे क्या करना है और क्या नहीं, यह मैं अच्छी तरह जानता हूँ। मेरा फर्ज है मित्र की सेवा करना। तुम मुझे तो मना कर रही हो, पर वह दिन भूल गयी, जब मेरी बीमारी में तुम रातों

जाग कर मेरी सेवा करती थी। देखो अनुराधा, इस सुख से मुझे वंचित मत करो। मित्र की सेवा मित्र ही तो करता है। मैं तुम पर कोई एहसान नहीं कर रहा हूँ।''

नूपुर तथा आलोक भी अनुराधा तथा प्रमोद का गिरता स्वास्थ्य देखकर चिन्तित थे। वे अपना ज्यादा-से-ज्यादा समय अनुराधा के पास ही गुजारते थे। वे बराबर दवाइयाँ दे रहे थे, पर मर्ज का सिर-पैर नहीं मिल रहा था।

एक रात अनुराधा की हालत बहुत खराब हो गयी। सभी लोग उनके बिस्तर को घेरकर बैठ गये। यकायक प्रमोद की हल्की-सी आवाज सुनायी दी, 'अनुराधा, हम तो चले।'' यह कहकर वह कुर्सी पर लुढ़क गये।

प्रमोद की मृत्यु के लगभग एक सप्ताह बाद ही अनुराधा भी चल बसी।

दो दिन बाद तकिये के नीचे पड़ा एक लिफाफा नूपुर को दिखायी दिया। उसने झट उसे उठा लिया। पत्र में लिखा था...

''मेरे बच्चो, जो अमूल्य धरोहर हमारे प्रिय की हमारे पास थी, उसे हमने धोखे से भी कलंकित नहीं किया। वह ज़ीवनपर्यन्त सुरक्षित रही। यह तो तुम्हारे ही शब्दों की दुनिया को धोखा देने का एक ऐसा बन्धन था, जिसमें हम दोनों बँध गये थे। दुनिया का मुँह बन्द करने का और कोई उपाय नहीं था। हम जीवनपर्यन्त सच्चे मित्र रहे, दुख-सुख में एक-दूसरे के साथी। मैं मरते समय भी यह राज नहीं खोलती, पर अपने बच्चों से दुराव कैसा। तुम्हारी दी हुई शिक्षा ने हमारी आँखें खोल दीं। बच्चो, हम दोनों तुम्हारे ऋणी हैं।''

मेरा घर कहाँ है?

"क्या थोड़ा पानी मिल सकेगा?" फाटक पर खड़े युवक ने पेड़ की छांव में बैठी युवती से, जो पेड़ों को पानी देने में तल्लीन थी, पूछा।

युवती की तंद्रा भंग हुई। उसने पलट कर युवक की तरफ निहारा। युवक को लगा, मानो झील में दो कमल खिल गये हों युवती के चेहरे पर सौम्यता, अबोधता तथा सरलता का अद्‌भुत समन्वय था। वह मुस्कराई, उस के मुस्कराते ही उसके गालों पर सुन्दर गड्‌ढे पड़ गये, जिन्होंने उसकी सुन्दरता में चार चाँद लगा दिए थे।

युवक मुग्धभाव से अपलक उस नैसर्गिक सौंदर्य को निहारता रहा। फिर अपनी बेशर्मी पर झेंप कर बोला, "माफ कीजिएगा, आप की एकाग्रता में मैंने बाधा पहुँचा दी।"

युवती बोली, "काफी गर्मी पड़ रही है, प्यास लगना स्वाभाविक है। रुकिए, मैं अभी पानी ले कर आती हूँ।" वह घर के भीतर चली गयी और ठण्डे पानी के साथ एक प्लेट में दो लड्डू लेकर उपस्थित हुई।

लड्डू देख युवक बोला, "इसको लाने का आप ने क्यों कष्ट किया? केवल पानी से काम चल जाता।"

युवती हँस कर बोली, "शहर की तो मैं जानती नहीं, पर हमारे गाँव में अतिथि को केवल पानी नहीं दिया जाता।"

पानी पी कर युवक ने पूछा, "क्या आप के घर में कोई नहीं है?"

युवती उदास हो कर बोली, "मेरी माँ की मृत्यु हो चुकी है। पिता जी से मिल लीजिए। आप से मिल कर वह बहुत खुश होंगे!"

अन्दर पहुँचते ही युवक ने देखा कि कमरा सादा है, पर बड़ी सुघड़ता से सजाया गया है। खिड़की के निकट एक वृद्ध अखबार हाथ में लिये पढ़ने में तल्लीन थे। युवती की आहट सुन वह पढ़ते-पढ़ते बोले, "आ गयी बेटी...जरा पानी तो पिलाना।"

युवती मुस्कराकर बोली, "देखिये पिताजी, आपसे कौन मिलने आया है।"

वृद्ध ने अखबार रखकर युवक की तरफ देखा। फिर प्रश्नवाचक दृष्टि से बेटी की तरफ निहारा।

युवती लजाकर बोली, "पिताजी, मैं इनसे परिचय पूछना तो भूल ही गयी।"

युवक हँसकर बोला, "मेरा नाम मयंक है। वर्षों पहले मेरे पिताजी इसी गाँव के निवासी थे। माँ के मुँह से अपने गाँव की चर्चा बहुत बार सुनी थी। आज ऑफिस में छुट्टी थी...इसलिए सोचा, क्यों न अपने गाँव की सैर की जाये। यहाँ की प्राकृतिक सुन्दरता देख इतना मुग्ध हो गया कि चलता ही रहा। जब जोर की प्यास लगी तो देखा मैं काफी दूर निकल आया हूँ।"

"बेटा, मेरा नाम सुकांत शरण है। यह मेरी बेटी सुमिता है। मैं यहाँ स्कूल में मास्टर हूँ। सुमिता की माँ नहीं रही। यह बेचारी पढ़ाई के संग-संग सभी कार्य करती है। अभी हाल ही में इण्टर का इम्तिहान दिया था। पूरे प्रान्त में प्रथम आयी है। आगे पढ़ने का इसका बहुत मन था, पर यहाँ कॉलेज नहीं है, इसलिए बेचारी की पढ़ाई छूट गयी," वृद्ध ने मुस्कराते हुए पूछा, "अब तुम बताओ, तुम्हारे पिता का क्या नाम है? हो सकता है, मेरा उनसे परिचय हो।"

युवक गमगीन स्वर में बोला, "मेरे पिता का वर्षों पहले देहान्त हो गया था। उनका नाम चन्द्र प्रकाश था...

वृद्ध टोककर बोले, "तुम चन्द्र प्रकाश के बेटे हो? वह तो मेरे अभिन्न मित्र थे। उन्होंने गाँव छोड़ने से पहले मुझसे बहुत कहा था कि मैं भी उनके संग शहर चलूँ, पर बाप-दादा की निशानी यह घर तथा जमीन नहीं छोड़ पाया। बेटे, तुम्हारी माता जी कैसी हैं? उन्हें किसी दिन यहाँ लाओ न", फिर सुमिता की तरफ देखकर हँसते हुए पूछा, "पहचाना इसे? ये बचपन में तुम्हारे संग खेलती थी। तुम इसे 'सुमि' कहकर पुकारते थे। जब लड़ते थे तो इसकी चोटी पकड़कर खींचते थे।"

युवक अवाक् सुमिता को निहारता रहा। फिर आश्चर्य से बोला, "अरे सुमि, तुम इतनी बड़ी हो गयी?"

सुमि शरारत से मुस्कराती हुई बोली, "तुम कौन से छोटे रह गये हो...जरा शीशे में अपनी शक्ल निहारो, तभी समझ में आयेगा।"

तीनों के मधुर हास्य से कमरा गूँज उठा। घण्टा भर बैठने के पश्चात् मयंक यह कहकर चला गया कि वह जल्द ही फिर आयेगा।

शहर लौटते हुए रास्ते भर सुमि का भोला चेहरा मयंक की आँखों के आगे नाचता रहा। घर आने पर जब माँ ने उसका मुस्कराता चेहरा देखा तो आश्चर्य से बोली, "बेटा, क्या गाँव बहुत पसन्द आया?"

मयंक हँसकर बोला, "माँ, गाँव तो सुन्दर लगा ही, पर वहाँ के रहने वालों ने मेरा मन मोह लिया। गाँव में पिताजी के अभिन्न मित्र सुकांत शरण से भेंट हो गयी थी। मैं तो उन्हें पहचान ही नहीं पाया पर जब पिताजी का नाम बताया, तभी उनसे ज्ञात हुआ कि वह पिताजी के अभिन्न मित्रों में से एक थे। बचपन में उनकी बेटी सुमि के संग मैं खेला करता था। सुमि को अब तुम देखोगी तो देखती ही रह जाओगी। माँ, मैंने वादा किया है कि तुम्हें उनसे जरूर मिलवाऊँगा।"

बेटे के मुँह से सुकांत शरण तथा उनकी बेटी की प्रंशसा सुन माँ के तेवर चढ़ गये। बोलीं, "उस गँवार, कंगाल मास्टर की तारीफ कर रहा है? कहाँ हम और कहाँ वह...हमें क्या जरूरत है जो उससे मिलने जायें। सम्बन्ध बराबर वालों से रखा जाता है, कंगालों के संग नहीं।"

मयंक को माँ की बात बुरी तो बहुत लगी, पर उसने उस समय माँ से बहस करना उचित न समझा। उसने कहा, "माँ, तुम कई वर्षों से मुझसे विवाह के लिए जोर दे रही हो...अब मैं विवाह के लिए राजी हूँ। लड़की भी मैंने पसन्द कर ली है।"

माँ का चेहरा खिल उठा। बोली, "लड़की के घर वाले खूब रईस हैं न? अच्छा दहेज मिलेगा न?"

मयंक गम्भीर स्वर में बोला, "माँ, जब अच्छी मनपसन्द लड़की मिल रही है तो फिर दहेज की चिन्ता क्यों?"

माँ आश्चर्य से बोली, "बिना दहेज के भी कहीं ब्याह हुआ है? हमारी नाक नहीं कट जायेगी? लोग सोचेंगे कि हमारे बेटे में कुछ खोट है, तभी हम दहेज नहीं ले रहे हैं।"

मयंक हँसकर बोला, "ऐसा कुछ नहीं होगा...लड़की के घर वाले पढ़े-लिखे हैं...वे ऐसा कदापि नहीं सोचेंगे।"

माँ ने आश्चर्य से बेटे की तरफ देखते हुए पूछा, "पर लड़की कौन है? उसके पिता का क्या नाम है?"

मयंक गम्भीरता से बोला, "सुकांत शरण जी की बेटी सुमि...।"

सुनते ही माँ चीखकर बोली "तेरा दिमाग तो नहीं फिर गया है। उस कंगाल मास्टर के घर मैं कभी विवाह की सहमति नहीं दे सकती।"

मयंक दृढ़ स्वर में बोला, "माँ, विवाह तो मैं सुमि से ही करूँगा और वह भी जल्द ही।"

माँ ने माथा पीट लिया। उन्होंने काफी कोशिश की कि मयंक सुमि से विवाह न करे, पर हार कर उन्हें सहमति देनी ही पड़ी। विवाह के दौरान वह सारे समय मुँह फुलाए रहीं। तरह-तरह के व्यंग्य-बाणों से सुकांत शरण को बेधती रहीं। चूँकि

गाँव से पुराना सम्बन्ध था, वह विवाह रोकने की हिम्मत न कर पायीं।

सुहागरात के दौरान मयंक ने सुमि से कहा, ''वर्षों से मैं विवाह को टाल रहा था, पर तुम्हें देखकर लगा कि तुम्हीं वह लड़की हो जिसकी मुझे तलाश थी। आज इस मधुर वेला में मैं तुम्हारे कोमल कन्धों पर इस घर की शान्ति का दायित्व सौंप रहा हूँ। इसे वहन करना थोड़ा कठिन जरूर है, पर तुम सहनशील तथा समझदार हो। इस कारण यह जिम्मेदारी कुशलतापूर्वक निबाह लोगी।''

सुमि दृढ़ स्वर में बोली, ''मेरा विश्वास कीजिये मर जाऊँगी, पर आपके विश्वास को कभी खण्डित नहीं करूँगी।''

मयंक ने प्यार से उसके मुँह पर हाथ रखते हुए कहा, ''प्रिये, मिलन के इस मधुर अवसर पर ऐसी बात मुँह से मत निकालो। यह अमूल्य रात जीवन में एक बार ही तो आती है। हमें ऐसी अशुभ बातें करके इसे गँवाना नहीं चाहिए। जीवन में कभी कभी ऐसे भी क्षण आते हैं, जब मनुष्य उलझन में पड़ जाता है। ऐसे समय में अपनी समस्याओं को मेरे सामने रखना। हम दोनों मिलकर उन्हें जरूर सुलझा लेंगे।''

सुमि हँसकर बोली, ''मैं अपनी समस्याओं को स्वयं ही सुलझा लूँगी, आपको कभी कष्ट नहीं दूँगी।''

मयंक ने प्यार से उसका हाथ दबाकर कहा, ''मेरी सुमि सर्वगुण सम्पन्न है, तभी तो जंगल से इस हीरे को खोजकर लाया हूँ।

सुमि ने शरमाकर मयंक के सीने में मुँह छिपा लिया।

विवाह के पश्चात् मयंक की दुनिया ही बदल गयी। सुमि का प्यार पाकर वह निहाल था।

उधर ससुराल में पैर रखते ही सुमि ने समझ लिया था कि सास का हृदय जीतने के लिए उसे कठिन मार्ग से गुजरना पड़ेगा, पर उसे अपने ऊपर विश्वास था कि अपनी सेवा से वह उनका मन जीत लेगी। सुबह से शाम तक वह कठिन परिश्रम करती।

वह सास को शिकायत का मौका देना नहीं चाहती थी, पर फिर भी उनके तेवर चढ़े रहते थे। जब सुमि सीधा पल्ला लेती तो उसे 'गँवार' कहते हुए ताना मारा जाता और जब वह उल्टा पल्ला लेती तो सास उसका उपहास उड़ातीं।

एक दिन सुमि ने अपनी ननद से कहा, ''दीदी, हमें अपने जैसी बिन्दी लगा दो।''

तभी सास चीखीं, ''मेरी बेटी क्या तेरी नौकरानी है? ऐसा ही बिन्दी लगवाने का शौक था तो बाप के घर से किसी गँवार नौकरानी को साथ ले आती। तेरी बिन्दी लगाने को वही ठीक रहती।''

अपमान की वेदना से सुमि का चेहरा पीला पड़ गया। उसकी आँखें डबडबा आयीं, पर वह आँसू पीकर काम में जुट गयी।

विवाह में सुमि को जितने भी कपड़े मिले थे, लगभग सभी सास ने रख लिये थे। एक दिन सुमि ने सास से कहा, "अम्मा जी, मुझे एक नयी साड़ी चाहिए।"

अभी वह इतना ही कह पायी थी कि सास तमककर बोलीं, "क्या हमने कपड़े की दुकान खोल रखी है? अगर नयी-नयी साड़ियाँ पहनने का शौक है तो बाप के घर से ले आओ।" और दूसरे ही दिन सास ने उसे पिता के घर भेज दिया।

बेटी का उदास चेहरा देख पिता को आभास हो गया कि उसको ससुराल में कष्ट है, पर लकीर के फकीर पिंता ने यही उपदेश दिया, "बेटी, मैं जानता हूँ कि एक घर से दूसरे घर में जाकर सामंजस्य बिठाना थोड़ा मुश्किल होता है पर समस्याओं से जूझते-जूझते उसका हल भी मिल जाता है। फिर तो जीवन फूल-सा खिल जाता है। बेटी, अब वही तुम्हारा घर है। विवाह के पश्चात् मेरा तुम पर कोई अधिकार नहीं रहा।"

सुमि की आँखें छलछला उठीं। वह सोचने लगी कि जहाँ पैदा हुई और पली, वह घर अब उसका नहीं रहा और जहाँ विवाह बाद गयी, वह खानदान कहता है कि इस घर को उसे अपना कहने का अधिकार नहीं है। फिर उसका घर कहाँ है? वह कहाँ जाये?

दिनभर सुमि बुझी-बुझी-सी रहती, पर शाम को पति के लौटने पर मधुर मुस्कान से उसका स्वागत करती। मयंक को कभी भान ही नहीं हुआ कि सुमि पंर इतने अत्याचार हो रहे हैं। उसने सोचा, माँ ने सुमि को अपना लिया है।

मयंक के सामने सुमि की मुस्कराहट देख सास जल जाती और उसे प्रताड़ित करने के नये-नये तरीके सोचती।

एक दिन उबाल आने से थोड़ा दूध नीचे गिर गया। जल्दी में सुमि को कुछ सूझा नहीं तो उसने हाथों से दूध का बरतन उतारना चाहा। बरतन बहुत गरम था, वह उसके हाथ से छूट पड़ा और सारा दूध गिर गया।

सास चीखकर बोली, "हाय, सारा दूध गिरा दिया। बाप ने कितनी गायें दहेज में दी थीं जिसका महारानी को इतना गुमान है।" यह कहते-कहते उन्होने सुमि को कई चाँटे लगाकर कहा, "निकल जा इस घर से, यह तेरा घर नहीं है।"

शायद सहनशक्ति ने हथियार डाल दिये थे। सुमि अपने कमरे की तरफ दौड़ी। फिर दोनों हाथों से अपना माथा पकड़ लिया। उसका सिर चक्कर खाने लगा और वह घर से यह कहती भाग खड़ी हुई?" "मेरा घर कहाँ है?" वह अपना मानसिक सन्तुलन खो बैठी थी। लोगों ने उसे पकड़ा और मयंक को खबर कर दी।

मयंक भागा-भागा आया। उसने देखा कि सुमि पूरी तरह अपना मानसिक सन्तुलन खो बैठी है। वह उसे लेकर अस्पताल भागा।

मनोचिकित्सक ने उसे देखकर कहा, ''मयंक बाबू, आपकी पत्नी को कोई गहरा आघात लगा है, तभी इनकी यह दशा हो गयी है।''

मयंक आश्चर्य से बोला, ''डॉक्टर साहब, मैंने हमेशा अपनी पत्नी को मुस्कराते पाया। उसने कभी भी मुझसे किसी की शिकायत नहीं की।''

डॉक्टर बोला, ''यही तो बुरा हुआ। अपनी वेदना को अगर यह किसी से कह देती तो ऐसा नहीं होता। आप पता लगाइए। शायद घर ही में आपके हाथ कोई सूत्र लग जाये। सूत्र मिलने पर मुझे इलाज करने में सुविधा हो जायेगी वरना काफी समय लग सकता है।''

मायूस मयंक घर लौटा। बिना किसी सुबूत के वह माँ से कुछ पूछ नहीं सकता था। वह उनके तीखे स्वभाव से परिचित था। अपने कमरे में पहुँचते ही सुमि की दशा को याद करके उसकी आँखें भर आयीं। वह बेचैन हो उठा।

उसे याद आया, एक दिन सुमि ने कहा था, 'जब मन अशान्त हो तो डायरी लिखने पर बड़ा सुकून मिलता है।''

डायरी सुमि की सबसे प्रिय वस्तु थी। मयंक ने डायरी उठा ली। आँसुओं से सींची उस डायरी में लिखा था :

जिस विश्वास के साथ मेरे पति ने मेरे कन्धों पर घर की शान्ति का दायित्व सौंपा था, उस विश्वास को मैं कभी खण्डित नहीं करूँगी, पर हृदय अब पीड़ा झेलते-झेलते जर्जर हो चुका है। वह बाहर निकलने के लिए छटपटा रहा है, पर मैं ऐसा नहीं होने दूँगी। बस एक ही उपाय शेष बचा है, उससे शायद मेरी वेदना कम हो जाये और वह है, अपनी व्यथा को मैं कागज पर अंकित कर दूँ। यद्यपि इसे भी मैं अपनी कायरता समझती हूँ, पर यह मेरी लाचारी है।'

इसके आगे उस पर जो-जो अत्याचार हुए थे, उनका थर्रा देने वाला वर्णन था। अन्त में लिखा था, आज माँ ने मुझे बुरी तरह मारते हुए फिर से यह शब्द कहे, ''यह तेरा घर नहीं है, तू निकल जा यहाँ से।''

'पर मैं कहाँ जाऊँ? मेरा घर कहाँ है?' इसके आगे कुछ लिखा नहीं था। शायद इसके बाद ही वह अपना मानसिक सन्तुलन खो बैठी थी।

डायरी पढ़कर मयंक सिसक पड़ा। गलती उसकी थी। उसे समझना चाहिए था कि माँ इस विवाह से अप्रसन्न थीं। माँ के संरक्षण में उसे सुमि को नहीं रखना था। लेकिन सुमि ने कभी माँ की शिकायत भी तो नहीं की, बल्कि हमेशा मुस्कराती रही। परन्तु इस नकली मुस्कराहट को लाने में उसे कितना कष्ट उठाना पड़ता

होगा। इसके अलावा पहली रात में उस अबोध के कोमल कन्धों पर घर की शान्ति का दायित्व डालना क्या इसका निजी स्वार्थ नहीं था? वह तो कपड़े झाड़कर उस आग से भाग निकला, पर सुमि को अनजाने में उसने उसी आग में झोंक दिया।

उसने डॉक्टर को डायरी की बात बताई।

डॉक्टर ने कहा, ''मयंक बाबू, आपको अपनी पत्नी को यही विश्वास दिलाना है कि उसका भी एक घर है, जिसे वह अपना कह सकती है। इसके लिए आपको एक बार रोज यहाँ आकर उससे कहना है, ''सुमि, मैंने तुम्हारा घर खोज लिया है। वह केवल तुम्हारा है।''

पागलखाने में सुमि घण्टों छड़ों को पकड़े खड़ी रहती और हर आने वाले को देखते ही बड़ी ही करुण आवाज में पूछती, ''मेरा घर कहाँ है?' पर वह कभी किसी को नुक़सान नहीं पहुँचाती थी।

दो दिन बाद जब मयंक सुमि को देखने पहुँचा तो उसने महसूस किया कि वह झील जैसी आँखें, जिसमें दो कमल खिले रहते थे, वीरान हो चुकी हैं। गुलाबी काया पतझड़ के पत्तों जैसी पीली पड़ गयी है। मुस्कान का स्थान उदासी ने ले लिया है। निराशा से उभरी पीड़ा पागलपन में उसके चेहरे पर दृष्टिगोचर हो रही है। सुमि की दशा देख उसका हृदय विदीर्ण हो गया, पर अपने को सन्तुलित करके वह उसके बिल्कुल निकट पहुँच गया।

उसे देखते ही सुमि ने पूछा, ''मेरा घर कहाँ है?''

मयंक ने भी आँखों से कहा, ''सुमि, मैंने तुम्हारा घर खोज लिया है। चलोगी, अपने घर?''

सुमि के सपाट पर कोई प्रतिक्रिया दृष्टिगोचर न हुई। छड़ पकड़े-पकड़े वह उठ खड़ी हुई और उसने मयंक से फिर वही सवाल किया, ''मेरा घर कहाँ है?''

निराश मयंक घर लौटा। उसने माँ से कहा, ''तुम्हारे संरक्षण में सुमि को रखकर मैंने बहुत बड़ी भूल की। मेरा तो जीवन ही वीरान हो गया। तुम बराबर सुमि की शिकायत करती थी, पर इतने कष्ट झेलने पर भी तुम्हारे विरुद्ध उसने एक शब्द भी नहीं कहा। मैंने समझा, तुमने उसे बेटी-सा प्यार दिया है, पर इस गलतफहमी में मेरा तो जीवन ही नष्ट हो गया।''

माँ गुस्से से बोली, ''चार बरतन रहते हैं तो खड़कते ही हैं। तुम मुझे ही क्यों दोषी ठहरा रहे हो? सहनशक्ति स्त्री का आभूषण है, पर सुमि में नाममात्र को भी सहनशक्ति नहीं थी। अगर वह पागल हो गयी है तो हम क्या करें?''

मयंक गुस्से से बोला, ''ठीक है माँ, जो गलती मैंने की है, उसका सुधार भी मैं ही करूँगा। सुनता था, माँ अपने बच्चों के जीवन में फूल बिखेरती है, पर तुमने

तो मेरे जीवन को काँटों से भर दिया है, पर इन काँटों को मैं निकाल फेंकूँगा।''

मयंक हर रोज एक घण्टा सुमि के पास बैठकर उसे यह विश्वास दिलाता कि उसका भी एक घर है। नित्य ही एक आदमी को देखते-देखते सुमि उसे कुछ-कुछ पहचानने लगी थी। पर अभी तक वह उसके लिए अजनबी ही था। जैसे ही वह पहुँचता, पहला सवाल वह रोज ही करती और मयंक बड़े विश्वास से कहता, ''सुमि, मैंने तुम्हारा घर खोज लिया है, चलोगी अपने घर?''

दो महीने तक निरन्तर यह सुनते-सुनते सुमि का दिमाग कुछ-कुछ खुलने लगा था। धीरे-धीरे मयंक उसे विश्वास दिलाने में सफल होता जा रहा था कि उसका भी अपना घर है। फिर एक दिन ऐसा भी आया, जब सुमि की आँखों में पागलपन की झलक गायब हो चुकी थी। उसने पति को पहचान लिया था।

डॉक्टर ने मयंक से कह रखा था कि फिलहाल आप इन्हें इनके पिता तथा अपनी माताजी से मिलने मत दीजियेगा, क्योंकि दोनों ने ही कहा था कि उनके घर को वह अपना घर नहीं कह सकती।

एक हफ्ते बाद ही डॉक्टर ने सुमि की हालत देखकर कहा, ''मयंक बाबू, अब आप अपनी पत्नी को उसके घर ले जा सकते हैं, जो केवल आप दोनों का हो।''

मयंक का चेहरा खिल उठा। वह बाजार से लाल रंग की चुनरी खरीद लाया। सुमि को चुनरी देकर वह बोला, ''इसे पहनकर अपने घर चलो। आज तुम्हारा दूसरा जन्म हुआ है। तुम दुल्हन बनकर आज अपने घर में प्रवेश करने जा रही हो।''

यह बात सुनते ही लज्जा से सुमि का चेहरा लाल हो गया।

गाड़ी से सुमि का हाथ पकड़कर वह उतरा और हँसकर बोला, ''सुमि, जरा छोटा-सा घूँघट निकाल लो। आज तुम अपनी नयी ससुराल में प्रवेश कर रही हो,'' सुमि को एक सुन्दर कॉटेज के फाटक पर खड़ा करके उसने कहा, ''यही तुम्हारा घर है।''

नवोढ़ा के समान सुमि ने फाटक के अन्दर प्रवेश किया। वह दोबारा दुल्हन बनी थी, पर आज सास ने नहीं, बल्कि सूर्य की प्रथम किरण ने उसकी आरती उतारी थी। अब वहाँ कोई यह ताना देने वाला नहीं था कि वह दहेज लेकर नहीं आयी है।

प्यार से उसका हाथ पकड़कर मयंक बोला, ''सुमि, यह तुम्हारा अपना ही घर है।''

खुशी से सुमि की आँखें भर आयीं। पति के सीने पर अपना सिर टेक भाव-विह्वल होकर वह बोली, ''हम दोनों का...''

पश्चात्ताप

रात्रि के अन्धकार में एक छोटी आकृति धीरे-धीरे आहट लेती हुई एक कोठी में घुसी। भयंकर जाड़ा पड़ रहा था। सभी रजाइयों में दुबके पड़े थे।

अँधेरे का फायदा उठाते हुए आकृति आसानी से पाइप के सहारे ऊपर पहुँच गयी। उसने बन्द दरवाजे को हल्के-से धक्का दिया। दरवाजा शायद खुला रह गया था। उसने कमरे में झाँका। वहाँ किसी को न देख उसने दूसरे कमरे के दरवाजे को, जिसमें से खर्राटों की आवाज आ रही थी, आहिस्ता-से बन्द कर दिया।

अब उसने अँधेरे में ही अलमारी में चाबी लगाई। कई प्रयासों के बाद तीसरी चाबी से अलमारी खुल गयी। रहस्यमय आकृति जल्दी से कुछ टटोलने लगी। उसके हाथ में एक छोटी-सी पोटली लग गयी। उसे लगा, इसमें ही रुपये हैं। फिर थैली अपने कन्धे से लटकते झोले में डाली और पाइप के सहारे नीचे उतरकर वह आकृति अँधेरे में गुम हो गयी। लगता था, वह इस जगह से अच्छी तरह परिचित है।

सवेरे कोठी में हल्ला मच गया कि चोर कीमती गहने लेकर भाग गये। कोठी के मालिक सेठ विशनदास ने पुलिस बुला ली थी। नौकरों से पूछताछ की जा रही थी। दरवाजे पर चौकीदार रातभर पूरी चौकसी से पहरा देता रहा था। आश्चर्य तो यह था कि चोर आया किधर से और कमरे में घुसा किस तरफ से?

ऐसा लगता था कि चोर इस घर के चप्पे-चप्पे की जानकारी रखता था। सभी सामान जैसे का तैसा पड़ा था। बस कपड़ों के नीचे रखी पोटली गायब थी जिसमें कीमती जेवर थे। विशनदास की पत्नी दुर्गा देवी के भाई का विवाह था। इस कारण एक दिन पहले वह बैंक के लॉकर से ये गहने लायी थी।

गहने कीमती एवं पुश्तैनी थे। इसी कारण सेठजी दुखी तथा परेशान थे। दुर्गा देवी रोये जा रही थी। दोनों बेटियाँ अभी छोटी थीं। माँ को रोती देख वे भी रोने लगीं।

आखिर सेठजी ने अपने को सन्तुलित करके पत्नी को ढाढ़स बँधाते हुए कहा, ''गहने तो और भी बन जायेंगे पर ये पुरखों की निशानी थी, इसलिए मन दुखी है।''

पुलिस ने काफी दौड़-धूप की पर चोरी का सुराग न मिला। हर जौहरी को कह दिया गया कि अगर इस किस्म के गहने कोई बेचने आये तो फौरन पुलिस को खबर की जाये। पर महीनों बीतने पर भी कोई उन्हें बेचने न आया। इस बात को वर्षों बीत गये। दुर्गा देवी भी धीरे-धीरे गहनों को भूल गयी।

सेठ विशनदास की दोनों बेटियाँ अब बड़ी हो चली थीं। बड़ी बेटी उर्मिला बी.ए. में थी और छोटी निर्मला इण्टर में। सेठजी का व्यापार दिनोंदिन मन्दा होता जा रहा था। आखिर उन्होंने शेयर बाजार का आश्रय लिया। अब वह खूब कमाने लगे थे। धीरे-धीरे उन्होंने शेयरों में अपनी समस्त पूंजी लगा दी।

उनके एक प्रतिद्वन्द्वी ने उनके एक आदमी को अपनी तरफ मिला लिया। वह आदमी सेठजी का अत्यन्त विश्वासपात्र था। उससे बिना पूछे वह कोई शेयर नहीं खरीदते थे। उसी आदमी ने सेठजी को खूब सब्जबाग दिखाये और कहा कि ये शेयर बहुत ऊँचे दामों में आयेंगे, आप बाजार के सब शेयर खरीद लीजिए।

सेठजी ने बहुतों से कर्ज लेकर सभी शेयर खरीद लिए। कुछ ही दिनों में वे शेयर अपने वास्तविक मूल्य से बहुत नीचे गिर गये। सेठजी पर मानो वज्रपात हो गया। उनके पास देनदारों के फोन आने लगे।

इस बेइज्जती से बचने के लिए सेठजी ने अपनी कोठी, जमीन-जायदाद बेच डाली, पर तब भी वह कर्ज चुका नहीं पाये। उन्हें दिवालिया करार दे दिया गया। उनकी हर चीज नीलाम हो गयी। बेटियों तथा पत्नी के संग सेठजी को घर छोड़ना पड़ा।

ऐसे दुर्दिन में उनके मुनीम ने उन्हें अपने घर में आश्रय दिया। सेठजी इस हादसे को झेल नहीं पाये और दो महीने बाद ही दिल का दौरा पड़ने पर चल बसे।

बड़ी बेटी उर्मिला ने बी.ए. कर लिया था। छोटी निर्मला ने इण्टर की परीक्षा उत्तीर्ण कर ली थी। दोनों ने नौकरी के लिए दफ्तरों के चक्कर लगाने शुरू कर दिये, पर बिना सिफारिश नौकरी कहाँ धरी थी। फिर दफ्तरों का विचार छोड़ उन्होंने स्कूलों के चक्कर लगाने शुरू किये।

एक छोटे-से स्कूल में उर्मिला को तीन सौ रुपये मासिक पर रखा गया।

दुर्गा देवी ने जिन्दगी में कभी कोई काम नहीं किया था। अब लिफाफे बनातीं और उन्हें बेचकर कुछ पैसे ले आती। उर्मिला का बहुत मन था कि निर्मला को कम-से-कम बी.ए. करवा दे, पर बेचारी के पास धरा क्या था। यहाँ तो रोटियों के लाले पड़े थे।

बड़ी मुश्किल से निर्मला को एक रईस के घर में बच्चों को पढ़ाने का काम मिल गया। वह माँ से लिपटकर बोली, "अब कम-से-कम पेट भर रोटी तो मिल जायेगी।"

वह रोज बच्चों को पढ़ाने के लिए जाने लगी। जगह दूर थी, इसी कारण लौटने में देर हो जाती थी। एक दिन घने बादल छाये थे। वह डरती-डरती घर लौट रही थी। इतने पैसे भी नहीं थे कि रिक्शा कर लेती।

एकाएक एक कार उसके पास आकर रुक गयी। कार एक नवयुवक चला रहा था। उसने बड़ी विनम्रता से कहा, "चलिये, मैं आपको घर छोड़ देता हूँ।"

निर्मला पुरुषों के हथकण्डों से परिचित थी। वह रुखाई से बोली, "आप अपने रास्ते जाइये, मैं घर चली जाऊँगी।"

युवक बोला, "आप मुझसे डर रही हैं कि मैं आपको कहीं और ले जाकर आपका सर्वनाश कर दूँगा। लेकिन आप गलत समझ रही हैं, मैं तो एक भाई के नाते ही आपसे विनती कर रहा हूँ। वैसे आपकी इच्छा। पानी बरसने वाला है और शायद आपका घर भी दूर है। अगर आपको अपने भाई पर विश्वास हो तो गाड़ी में बैठ जाइये। आप जहाँ कहेंगी, मैं वहीं छोड़ दूँगा।"

युवक के मुँह से सच्चाई टपक रही थी। देखने में वह सभ्य लग रहा था। निर्मला कुछ सोचकर गाड़ी में बैठ गयी।

युवक उससे बहुत कुछ पूछना चाहता था पर वह पूरे रास्ते चुप बैठी रही। बस, बीच-बीच में उसे रास्ता बताती रही। आखिर गाड़ी एक गन्दी बस्ती में आकर रुक गयी। अब आगे जाने योग्य रास्ता नहीं था। निर्मला गाड़ी से उतर गयी। उसने एक बार कृतज्ञताभरी दृष्टि से युवक की तरफ निहारकर उसे धन्यवाद दिया। युवक हँसकर बोला, "भाई का नाम तो पूछा नहीं, पर छोटी बहन, अपना नाम भी नहीं बताओगी?"

उसके बोलने के ढंग पर निर्मला मुस्करा दी, "आपकी छोटी बहन का नाम निर्मला है, समझे बड़े भैया।"

वह जरा पहले आयी थी, इसी कारण माँ तथा उर्मिला को आश्चर्य हुआ।

निर्मला हँसकर बोली, "दीदी, आज बड़ा मजा आया। पानी बरसने वाला था। मैं घबराकर बड़े-बड़े डग भरती चली आ रही थी। इतने में एक गाड़ी मेरे पास आ-कर रुक गयी। एक सभ्य से दिखने वाला युवक उसमें बैठा था। पहले तो मैंने सोचा, कोई मजनूंनुमा युवक होगा पर बोलने के ढंग से वह किसी शरीफ खानदान का लग रहा था। जब उस युवक ने मुझे लिफ्ट देनी चाही तो मैंने खूब खरी-खोटी सुनायी। पर जब उसने मुझे बहन कहा तो मेरा गुस्सा ठण्डा पड़ गया और मैं उसकी गाड़ी में सवार हो गयी। सच दीदी, वह बहुत ही अच्छा लड़का है। आजकल के लड़कों से भिन्न है।"

उर्मिला हँसकर बोली, "अरी बेवकूफ, ये युवक बड़े धोखेबाज होते हैं। पहले

ऊपरी सच्चरित्रता की धाक जमा लेते हैं, फिर धीरे-धीरे अपनी असलियत पर उतर आते हैं।''

निर्मला दृढ़ शब्दों में बोली, ''दीदी, तुम कितना भी कहो, मुझे विश्वास नहीं होता। एक बार अगर तुम भी उसे देख लो तो वही कहोगी जो मैं कह रही हूँ।''

उर्मिला मुस्कराकर बोली, ''अब देखना, वह तुझसे मिलने को बहाना बना ही लेगा।''

''भाई बना है, बहन से मिलने आ भी जायेगा तो कौन-सा पहाड़ टूट पड़ेगा, मैं तो उसे हृदय से भाई मान चुकी हूँ।''

निर्मला रोज ही ट्यूशन पढ़ाने आती पर वह युवक फिर दिखायी नहीं पड़ा। एक दिन जब वह लौट रही थी तो दो गुण्डों ने उसे घेर लिया और अश्लील हरकतें करने लगे। दूर तक किसी को न देख उन गुण्डों की हिम्मत और भी बढ़ गयी। निर्मला घबरा गयी। एक होता तो उससे किसी प्रकार मुकाबला कर लेती पर यहाँ तो दो थे। वह काँप गयी। एक बदमाश ने आगे बढ़कर उसका हाथ पकड़ लिया तो वह चीखकर बोली, ''मेरा हाथ छोड़ दो, वरना ठीक न होगा।''

''यहाँ तुम्हें कोई बचाने नहीं आयेगा,'' बदमाश मुस्कराते हुए बोला।

एकाएक एक कार तेजी से आती दिखायी दी। दोनों बदमाश भाग खड़े हुए।

गाड़ी से वह युवक उतरा और आश्चर्य से बोला, ''छोटी बहन, यह क्या...सड़क के बीचोंबीच खड़ी हो...बात क्या है? तुम घबराई हुई भी लग रही हो।''

निर्मला की आँखें भर आयीं। उसने सोचा, आज मेरा भाई यहाँ न आता तो क्या ये गुण्डे भाग सकते थे। उसे चुप देखकर युवक फिर बोला, ''बहन, क्या बात है, कुछ तो बोलो?''

उसने भरी आँखों से एक बार युवक की तरफ देखते हुए पूरी घटना बता दी।

युवक बोला, ''देखो बहन, यह स्थान बहुत निर्जन है। तुम शायद रोज ही इधर से घर जाती हो। किसी दिन भी कोई बदमाश तुम्हारी इज्जत से खेल सकता है। क्या तुम्हारा कोई भाई नहीं है जो तुम नौकरी कर रही हो?''

निर्मला हिचकियाँ लेती हुई बोली, ''आज मेरा भाई होता तो इन बदमाशों की हिम्मत पड़ती?''

''लगता है, तुमने दिल से मुझे अपना भाई नहीं समझा। पर मैंने तो पहले दिन से ही तुम्हें अपनी छोटी बहन मान लिया था,'' युवक ने उसके आँसू पोंछे और बोला, ''छोटी बहन, आज तुम्हें मैं घर तक पहुँचाकर तुम्हारी माँ से बिना मिले नहीं लौटूँगा। मेरी माँ नहीं हैं। माँ का अभाव मुझे हमेशा खलता है। आज बहन के संग मुझे माँ भी मिल जायेगी।''

गाड़ी एक तरफ खड़ी करके वह युवक निर्मला के संग चल दिया। घर पहुँच

कर उसने माँ के पैर छुए। फिर जब ध्यान से उनको देखा तो वह चौंक उठा। उसके पैर वहीं जम गये। वह सब कुछ भूलकर एकटक माँ को निहारने लगा थोड़ी देर बाद ही वह चैतन्य हुआ और बोला, ''आप दुर्गा देवी हैं न, सेठ विशनदास की पत्नी?''

दुर्गा देवी आश्चर्य से बोली, ''तुम्हें कैसे पता चला? आज वर्षों बाद किसी ने मेरा नाम लिया है। बेटा, तुम्हारा क्या नाम है?''

वह बोला, ''मेरा नाम दिनेश है। मैं जब छोटा-सा था तो एक विवाह में आपको देखा था। कीमती जेवर पहने हुए आप बहुत सुन्दर लग रही थीं।''

दुर्गा देवी ने गमगीन आँखों से दिनेश की तरफ देखते हुए कहा, ''बेटे, अब कहाँ रहे वे गहने। आज वे होते तो क्या हम इस दशा में होते। किसी को उनकी मुझसे ज्यादा आवश्यकता रही होगी, तभी तो उसने चोरी की होगी। वैसे वे जेवर होते भी तो हमारे दुर्दिनों में काम नहीं आ पाते क्योंकि मेरे पति ने जिस प्रकार अपना सर्वस्व लेनदारों के हवाले कर दिया था, उन जेवरों को भी उनकी भेंट कर देते। दुःख-सुख तो जिन्दगी के संग लगे ही रहते हैं। बस कभी-कभी सोचती हूँ कि मेरे बाद मेरी बेटियों का क्या होगा।''

दिनेश ने उनके पैर छूकर कहा, ''माँ, जब तक तुम्हारा यह बेटा जिन्दा है, तुम्हारी बेटियों को कोई कष्ट नहीं होगा। मैं निर्मला का भाई हूँ। इसके विवाह के लिए मैं ही वर तलाश करूँगा।''

माँ बोली, ''पहले तो बड़ी बेटी उर्मिला का विवाह होगा।''

दिनेश ने हँसकर कहा, ''उसके लिए भी आप चिन्ता न करें...सब ठीक हो जायेगा।''

अब दिनेश रोज ही दुर्गा देवी के पास आता था क्योंकि उसने निर्मला को मना कर दिया था कि वह अकेले नहीं जायेगी। वह गाड़ी से उसे ट्यूशन वाले घर तक पहुँचाकर फिर घण्टे भर बाद उसे लेने पहुँच जाता था।

घर पहुँचने पर दुर्गा देवी उसे चाय पिलाकर ही भेजती थी। वह उर्मिला से बहुत कम बोलता था, पर उसकी आँखों के भावों को वह पढ़ चुकी थी। इसी कारण वह भी उससे बोलने में सकुचाती थी।

राखी का त्योहार आया। निर्मला ने बहुत ही सुन्दर राखी दिनेश के लिए तैयार की। फिर वह भेदभरी मुस्कराहट से बोली, ''दीदी, क्या तुम दिनेश भैया को राखी नहीं बाँधोगी?''

उर्मिला सकपकाकर बोली, ''पहले तू तो बाँध...मेरी चिन्ता क्यों करती है।''

निर्मला इठलाकर बोली, ''बहन हूँ न...मैं चिन्ता नहीं करूँगी तो और कौन करेगा।''

उर्मिला का दिनेश से कम बोलना और शरमाना माँ से छिपा नहीं रहा। बेटी की आँखों की भाषा वह पढ़ चुकी थी। पर फिर सोचती, क्या दिनेश रिश्ता पसन्द करेगा? उसके लिए तो एक-से-एक समृद्ध परिवारों के रिश्ते आयेंगे। यह सब सोचकर वह उर्मिला के लिए चिन्तित हो जाती थी।

राखी वाले दिन दिनेश सुबह-सुबह आया। उसके हाथों में कई पैकेट थे। वह मुस्कराता हुआ घर में घुसा। उसने निर्मला को आवाज लगाई, "छोटी बहन, कहाँ हो? देखो, तुम्हारा भैया राखी बँधवाने आया है।"

उसकी आवाज सुनकर माँ भी आ गयी। निर्मला ने अनुपम शृंगार किया था। उसे देख दिनेश शरारत से मुस्कराता हुआ बोला, "छोटी बहन, अभी तो तुम्हारा भैया आया है, जब दूल्हा आये तो ऐसा शृंगार करना।"

निर्मला रूठकर बोली, "देखो माँ, भैया मुझे चिढ़ा रहे हैं। अपने आप तो ऐसे सज-धजकर आये हैं, मानो किसी के गले में जयमाला डालनी हो। यह नया सूट नयी टाई...इत्र से घर महक उठा है। अरे, दूल्हा तो आप बने हुए हैं और चिढ़ा रहे हैं मुझे...दीदी, दीदी, जल्दी बाहर तो निकलो। जरा हमारे भैया का प्यारा मुखड़ा देखो।"

उर्मिला सकुचाती हुई बाहर निकली। उसने एक नजर दिनेश पर डाली जिसमें प्रशंसा के भाव निहित थे। फिर शरमाकर मुँह नीचे कर लिया। निर्मला गर्व से बोली, "देखो मेरे भैया को। कैसे जँच रहे हैं।"

दिनेश मुस्कराकर बोला, "उर्मिला जी, आपकी बहन बहुत शरारती है।"

उर्मिला हँसी। एक ऐसी प्यारी हँसी, जिसे देख दिनेश मुग्धभाव से उसे निहारता रहा। फिर चैतन्य होते ही उसने अपनी आँखें नीचे कर लीं।

उर्मिला सादे लिबास में थी। उसी में उसका रूप दमक रहा था। उसकी सौम्यता ही उसकी सुन्दरता थी। वह यौवन के उस शिखर पर थी जहाँ किसी तरह के शृंगार की आवश्यकता नहीं पड़ती।

निर्मला चहकती हुई बोली, "अरे भैया कौन से लोक में विचरण कर रहे हो। कलाई आगे करो तो राखी बाँधूं।"

दिनेश ने कलाई बढ़ा दी। निर्मला ने एक बहुत सुन्दर राखी बाँधकर एक बड़ा-सा लड्डू उसके मुँह में ठूँस दिया। फिर वह खिलखिलाती हुई बोली, "दीदी, जरा भैया का मुँह तो देखो...फूलकर गुब्बारा हो गया है," फिर वह शरारत से मुस्कराती हुई बोली, "अरे दीदी, तुम भी भैया को राखी बाँधो।"

दिनेश हाथ जोड़ता हुआ बोला, "नहीं बाबा, एक ही बहुत है। उसी ने काफी दुर्दशा कर दी है" यह कहकर उसने अपने दोनों कान पकड़ लिए।

उर्मिला का मुँह लज्जा से लाल हो गया। वह भाग खड़ी हुई।

दिनेश ने पैकेट खोले। सबसे पहले उसने एक जड़ाऊ नैकलेस तथा एक सुन्दर साड़ी निर्मला को देकर कहा, ''छोटी बहन, इसे अभी पहनकर अपनी प्यारी-सी शक्ल भैया को दिखाओ।''

निर्मला साड़ी लेकर भाग गयी। फिर दिनेश ने दुर्गा देवी के चरण स्पर्श करके उन्हें एक कीमती शाल भेंट किया। इतने में निर्मला आ गयी और बनावटी गुस्से से बोली, ''भैया, दीदी के लिए कुछ नहीं लाये?''

दिनेश हँसकर बोला, ''पहले अपनी दीदी को बुलाओ तो सही...शक्ल देखकर ही चीज दी जाती है।''

निर्मला बोली, ''अगर शक्ल देखकर ही चीज दी जाती है तो दीदी की चीज सबसे सुन्दर होनी चाहिए क्योंकि मेरी दीदी बहुत सुन्दर है।'' यह कहकर उसने वहीं से आवाज लगाई, ''दीदी जरा जल्दी से यहाँ आओ। हम भी तो देखें, तुम्हारी चीज कैसी है?''

उर्मिला सकुचाती हुई कमरे में आ गयी।

दिनेश बोला, ''उर्मिला, अपना हाथ बढ़ाओ।''

उर्मिला ने हिचकते हुए हाथ आगे कर दिया। दिनेश ने जेब से एक बहुत कीमती हीरे की अँगूठी निकाली और उसकी उँगली में पहनाकर कहा, ''माँ, यह अँगूठी लौटाना मत, नहीं तो मैं सहन नहीं कर पाऊँगा। मैं उर्मिला से विवाह करना चाहता हूँ। मुझे निराश मत करना,'' यह कहकर उसने दुर्गा देवी के पैर पकड़कर कहा, ''माँ, मैं यह पैर तब तक नहीं छोड़ूँगा, जब तक आप अपनी सहमति नहीं देंगी।''

दुर्गा देवी की आँखों में खुशी के आँसू छलक आये। उन्होंने स्वप्न में भी नहीं सोचा था कि उनकी कंगाल बेटी के लिए दिनेश जैसा रईस तथा सुयोग्य लड़का विवाह की याचना करेगा। वह रुँधे कण्ठ से बोली, ''बेटा, मेरे पास तो कुछ भी नहीं है जो इन बेटियों को दे सकूँ।''

दिनेश बोला, ''माँ, जो कुछ भी मेरे पास है, सब तुम्हारा ही तो है। मुझे तो पत्नी, माँ तथा बहन–तीनों एक साथ मिल गयी हैं। अब मैं आप सबको यहाँ नहीं रहने दूँगा। मुंशीजी को साथ लेकर सभी मेरे घर चलेंगे। वर्षों से मैं सूने घर में रह रहा हूँ। अब वह घर मुझे काटने को दौड़ता है।''

मुंशीजी बोले, ''बेटी दुर्गा, तुम्हारा बेटा तुम्हें ले जा रहा है तो इनकार मत करना। अब अपने दुःख के दिनों का अन्त समझो। इस वृद्धावस्था में बेटे का सहारा ही तुम्हारे लिए उचित रहेगा। मैं गरीब तो तुम्हारे लिए कुछ नहीं कर पाया।''

दुर्गा देवी बोली, ''ऐसा मत कहिये, मुंशीजी। अगर आप न होते तो हम सड़क पर भीख माँगते। आपने सिर छिपाने के लिए हमें छत दी, वर्षों हमारा खर्चा उठाया,

ये सभी उपकार क्या मैं कभी भूल सकती हूँ।"

मुंशीजी दुर्गा देवी के सिर पर हाथ फेरते हुए बोले, "बेटी, इस दरिद्र का घर छोड़कर जा तो रही हो, पर मुझे भूलना मत।"

दिनेश ने उनका कुरता खींचते हुए कहा, "दादाजी, कहाँ चले? पहले तो आपका ही सन्दूक गाड़ी में रखूँगा, बाद में इन सबका सामान रखा जायेगा।"

मुंशीजी उसे अपलक निहारने लगे।

दिनेश बोला, "आप इतनी जल्दी सबसे पीछा छुड़ाने के चक्कर में हैं। यह नहीं चलेगा। जो रिश्ता आपने हम सबके संग जोड़ा है, वह तो जीवनपर्यन्त छूट नहीं सकता। आप गाड़ी में बैठिये। मैं माँ, उर्मिला तथा निर्मला को लेकर आ रहा हूँ।"

चलते समय उन चारों ने एक हसरत भरी दृष्टि उस मकान पर डाली जो वर्षों से उनके दुःख-सुख का साथी रहा था।

एक आलीशान कोठी के आगे गाड़ी रुक गयी। तीन-चार नौकर भागते हुए आये।

दिनेश बोला, "माँ, उतरिये। सामान नौकर ले आयेगा।"

कोठी की सजावट देखकर वे आश्चर्यचकित थे। दिनेश ने सबका सामान अलग-अलग कमरों में रखवा दिया।

थोड़ी देर में नौकर सबको चाय के लिए बुलाने आया। दिनेश उनका इन्तजार कर रहा था। उस आलीशान कोठी में पहुँचकर उन चारों को ऐसा लग रहा था जैसे वे किसी महल में आ गये हों।

चाय की मेज पर दिनेश ने कहा, "माँ, आज-ही मेरा दोस्त निर्मला को देखने आ रहा है। वैसे तो हमारी छोटी बहन बहुत सुन्दर है पर जरा पालिश हो जाये तो और भी अच्छा है। उर्मिला, यह तुम्हारा काम है।"

निर्मला की आँखें स्नेहभाव से छलक आयीं। वह बोली, "भैया छोटी बहन को दो दिन भी नहीं रख सकते?"

दिनेश उसकी पीठ थपथपाता हुआ बोला, "बहन तो दूसरे के घर की शोभा होती है। वैसे भी मैं तुम्हें अभी कहाँ निकाल रहा हूँ। कुछ दिन अपनी भाभी के संग रह लोगी, तभी निकालूँगा। इतनी छूट तो दे ही रहा हूँ।"

शाम को दिनेश का दोस्त परेश आ गया। वह निर्मला को देखकर बोला, "यार, तू जल्दी से अपनी शादी कर। तभी तो मेरा नम्बर आयेगा। मेरी माँ जैसी बहू चाहती है, निर्मला ठीक वैसी ही है। मेरा वश चले तो अभी इसे घर ले जाऊँ।"

दिनेश बोला, "तो बात पक्की रही न?"

"बिल्कुल पक्की," परेश मुस्कराया।

परेश के जाने के बाद दिनेश दुर्गा देवी से बोला, "माँ, आज रात मैं आप से

कुछ ऐसी बात करूँगा जिन्होंने मेरा सुख-चैन सभी छीन लिया है। जब तक मैं आप से कह नहीं लूँगा मेरे हृदय का बोझ हल्का नहीं होगा। मैं चोर हूँ, लुटेरा हूँ, मेरी कहानी सुनकर तुम मुझे क्षमा कर दोगी न?'' इतना कहकर उसकी आँखों में आँसू आ गये और वह तेजी से अपने कमरे में घुस गया।

उसने अन्दर से दरवाजा बन्द कर लिया था। दुर्गा देवी दौड़ती हुई दरवाजे के पास आयी। अन्दर से दिनेश की सिसकियों की आवाज आ रही थी।

माँ ने दरवाजा खटखटाया तो दिनेश ने रुँधे कण्ठ से कहा, ''अपनी भूलों पर से परदा उठाने के लिए मुझे साहस जुटाने दो। थोड़ी देर में मैं स्वयं बाहर आ जाऊँगा।''

रात होने पर सभी एक कमरे में एकत्र होकर दिनेश की राह देखने लगे। थोड़ी देर में वह आया। उसकी सूजी हुई आँखें तथा उतरा हुआ चेहरा देखकर ऐसा लग रहा था मानो वह वर्षों से बीमार हो। वह निढाल-सा कुर्सी पर बैठ गया। अभी तक उसकी आँखों में आँसू भरे थे, जिन्हें वह बड़ी मुश्किल से रोके हुए था।

उसने कहा, ''माँ, मैं अपराधी हूँ...चोर हूँ...मेरी पूरी बात सुनने के बाद तुम मेरी तरफ देखना भी पसन्द नहीं करोगी पर विश्वास मानो माँ, परिस्थितियों ने मुझे यह अपराध करने के लिए उकसाया था। मैं भी एक भोला-भाला बालक था। तुम्हें उस गरीब लड़के दीनू की याद होगी जो तुम्हारे घर आ कर उर्मिला के संग खेला करता था। तुमने मुझे माँ से बढ़कर प्यार दिया था।

''अपनी सौतेली माँ के दुर्व्यवहार के कारण जब मैं रोता-रोता तुम्हारे पास आता था तो तुम्हीं मुझे अपनी गोद में बैठाकर आँसू पोंछा करती थीं। मेरे पिता की मौत के बाद तो सौतेली माँ का व्यवहार और भी कठोर हो गया था। बात-बात पर वह मुझे पीटती थी।

''एक दिन उसने बड़ी बेरहमी से मुझे मारा। उस दिन मैंने सोच लिया, चाहे भूखा मर जाऊँगा पर इस घर में नहीं रहूँगा। मैंने सोचा तुमसे कुछ रुपया माँग लूँगा पर मेरा स्वाभिमान आड़े आ गया। फिर सोचा, अगर तुम्हारी अलमारी से चुपचाप कुछ रुपए निकालकर भाग जाऊँगा तो किसी को पता भी नहीं चलेगा। थोड़े से रुपयों के चले जाने से तुम्हारा कुछ नहीं बिगड़ेगा पर मेरे कष्टों का अन्त हो जायेगा।

''यह सोच कर रात को पाइप के सहारे मैं कमरे में घुसा। अलमारी खोलकर जल्दी में मैंने चारों तरफ टटोला। तभी मेरे हाथ एक पोटली लग गयी। मैंने सोचा, इसमें जरूर रुपये होंगे। बस हड़बड़ी में मैं वह पोटली लेकर भाग खड़ा हुआ।

''मैंने पोटली कन्धे से लटके झोले में डाल ली थी। सुबह का उजाला फैल

रहा था। बहुत दूर निकल जाने पर मैं जैसे ही जरा सुस्ताने के लिए रुका, देखा कि एक सेठ जैसे व्यक्ति की जेब से एक लड़का बटुआ लेकर भागा है।

"वह चिल्लाते रहे, पर वहाँ शायद एक-दो आदमी ही टहल रहे थे। मैं पूरी ताकत से भागा और दौड़कर उस लड़के के हाथ से वह बटुआ छीन लिया। मैंने कसकर उसको पकड़ लिया। पर मैं थक गया था। ताकत जवाब दे चुकी थी। वह लड़का हाथ छुड़ाकर भाग गया।

"बटुए में शायद बहुत कीमती सामान था। सेठ बेसब्री से मेरी राह देख रहा था। मैंने बटुआ उनको थमा दिया। उन्होंने मुझे रुपये देने चाहे पर मैंने हाथ जोड़कर कहा, सेठजी, मुझे नौकरी दे दीजिये। विश्वास मानिये, मैं जी-जान से आपकी सेवा करूँगा।"

सेठजी मुस्कराकर बोले, "ठीक से काम करोगे न?"

मैंने कहा, "सेठजी, एक बार मौका तो दीजिये, अगर मैंने कुछ गलत किया तो कान पकड़कर निकाल दीजियेगा।"

मैं उनके संग उनके घर आ गया। सेठजी के कोई औलाद नहीं थी। सेठानी बीमार रहती थी। सेठजी ने मुझे उनकी सेवा में रख दिया। मुझे रहने के लिए एक कमरा दे दिया गया। भर-पेट खाना और सेठानी का स्नेह मुझे मिलने लगा। कई दिनों तक मुझे उस पोटली का ध्यान ही न रहा।

"मेरी सेवा से सेठानी स्वस्थ हो गयी। अब वह मेरे प्रति बहुत कृपालु हो गयी थी। उन्होंने मेरे लिए नये-नये कपड़े बनवाये तथा सुविधा का सभी सामान मेरे कमरे में रखवा दिया था। खर्च के लिए भी वह खुले हाथों मुझे रुपये देने लगीं। मैंने वह झोला अपने सन्दूक में रख दिया था, क्योंकि अब मुझे पैसों की आवश्यकता नहीं थी।

"सेठजी मुझसे बहुत प्रसन्न रहते थे। अब वह मुझे नौकर न समझकर घर का सदस्य समझने लगे थे। मैं भी जवान हो गया था। धीरे-धीरे उन्होंने अपने रोजगार के दाँव-पेंच मुझे सिखाने शुरू कर दिये क्योंकि वह वृद्ध हो गये थे। इसी बीच सेठानी की मृत्यु हो गयी। सेठजी वह दुःख सहन नहीं कर पाये और उन्हें पक्षाघात हो गया।

"मैंने उनकी जी-जान से सेवा की। सालभर वह बिस्तर पर पड़े रहे। मैं चौबीसों घण्टे छाया के समान उनके संग रहता था। उनकी आँखों में मेरे प्रति अगाध प्यार तथा कृतज्ञता भरी रहती थी।"

"एक दिन उन्होंने आँखों के इशारे से मुझे बुलाया। मैंने उनका हाथ अपने हाथ में ले लिया। बड़ी मुश्किल से उनका हाथ उठा। लेकिन फिर वह हाथ गिर गया। मैं चीख पड़ा।

"सेठजी का वसीयतनामा खोला गया। उसमें लिखा था, 'मेरे शव को मेरा बेटा

दिनेश अग्नि देगा। मैं अपनी समस्त सम्पत्ति उसके नाम कर रहा हूँ।'

भर्राई आवाज में दिनेश ने आगे कहा, "इस संसार से विदा होते-होते भी वह मेरी जिन्दगी बना गये। अब मैं उस समस्त सम्पत्ति का मालिक था पर मैं अपने दुर्दिनों को नहीं भूला था। मैं हमेशा वह सन्दूक अपने सामने रखता था ताकि धन के मद में मैं कोई अनुचित कार्य न कर बैठूँ। सेठजी ने मुझ बेसहारा की मदद की थी। अब मेरे जीवन का भी यही ध्येय निश्चित हो गया। मैं खुले हाथों अनाथों तथा विधवाओं की मदद करने लगा। मेरा कौन बैठा था जो इस अथाह सम्पत्ति का भोग करता।

"एक दिन जब मैं सन्दूक की तरफ देखते-देखते अपने अतीत में पहुँच गया तो मुझे उस पोटली की याद आयी। मेरे मन ने कहा, 'शायद इस पोटली के कारण ही मेरी जिन्दगी चमकी है।' उस पोटली में कितने रुपये हैं, यह तो आज तक मैंने देखा ही नहीं था। यह सोचकर मैंने सन्दूक खोलकर पोटली निकालकर खोली। उसे खोलते ही मेरी आँखें चौंधिया गयी। उसमें हीरे, पन्ने तथा मोतियों के बहुमूल्य गहने थे, जो आप पहना करती थीं।

"थोड़ी देर के लिए तो जैसे मेरी धड़कन रुक गयी। मैंने सोचा, यह क्या गजब मैंने कर डाला? इन गहनों के कारण आप सब कितने दुखी और परेशान होंगे। मैं पोटली लेकर आपके घर की ओर भागा। वहाँ पहुँचने पर मुझे पूरी स्थिति का पता चला। मैंने आपको कहाँ-कहाँ नहीं ढूँढ़ा। मुझे क्या पता था कि आप इतनी गरीबी में दिन काट रही हैं। उस पोटली ने मेरा सुखचैन छीन लिया।

"मैं रोज गाड़ी लेकर घूमता कि शायद आप कहीं मिल जायें, पर वर्षों टक्करें मारने पर भी मुझे आपका पता नहीं चला। मुम्बई कोई छोटी जगह तो है नहीं कि मैं आपको ढूँढ़ पाता?

"पर एक दिन निर्मला के संग मैं आपके घर पहुँच गया। उर्मिला तथा निर्मला को मैं पहचान नहीं पाया, क्योंकि वह काफी बड़ी हो गयी थी पर आपको देखते ही मैंने पहचान लिया। रोज तो मैं अपने मन से जूझता कि आज आपके सामने सब कुछ सच-सच बताकर इस अन्तर्द्वंद्व से छुटकारा पा लूँ पर हर बार मेरी हिम्मत जवाब दे देती थी। आप सबसे बिछुड़ने मात्र से मैं काँप उठता था। मैं जानता था कि अपना अपराध स्वीकारने के बाद मैं आप सबको खो दूँगा।

"माँ, आज अपनी समस्त हिम्मत जुटाकर मैंने अपनी अपराध गाथा कह डाली है। आप मुझे कड़े दण्ड दीजिये। पर विश्वास मानिये, मैंने परिस्थितियों से मजबूर होकर चोरी की थी। मुझे क्या मालूम था कि इस पोटली में इतना कीमती सामान है, जिसके अभाव में आपको दर-दर की ठोकरें खानी पड़ेंगी?" यह कहकर

उसने दुर्गा देवी के पैरों पर अपना मस्तक रख दिया।

निर्मला बोल उठी, ''भैया, आपने एक नहीं, दो-दो चोरियाँ की हैं। दूसरी चोरी आप छिपा गये हैं। याद रखिये, चोरी करना जुर्म है और उसे छिपाना तो उससे बड़ा जुर्म माना जाता है।''

दिनेश अचकचाकर बोला, '''छोटी बहन, पोटली जरूर मैंने चुराई थी पर मैं सच कहता हूँ उस अलमारी से मैंने और कुछ भी नहीं चुराया था।''

निर्मला गम्भीर स्वर में बोली, ''किसी का दिल चुराना क्या जुर्म है...क्यों, दीदी? माँ, अब भैया को इस जुर्म में सात फेरों के बन्धन में मजबूती से बाँध दो ताकि कहीं भाग न पायें।''

उर्मिला तथा दिनेश के मुँह लज्जा से आरक्त हो गये थे।

दुर्गादेवी ने दिनेश को स्नेहपूर्वक उठाते हुए कहा, '''बेटा, जब सेठजी दिवालिया करार दे ही गये तो हमारी एक-एक चीज नीलाम हो गयी, अगर यह आभूषण उस समय हमारे पास रहते तो क्या ये बच पाते? अब मैं उपनी बेटियों के विवाह में उन्हें कुछ दे तो पाऊँगी।

''अगर मैं तुम्हें कुछ दे न पाती तो मुझे हार्दिक दुःख होता। अब रही तुम्हें सजा देने की बात, तो मैं तुम्हें ऐसे मजबूत बन्धन में बाँध रही हूँ जिसमें तुम जीवनपर्यन्त बँधे रहोगे,'' कहकर उन्होंने उर्मिला का हाथ दिनेश के हाथ में पकड़ा दिया।

प्रायश्चित्त

पड़ोस से शहनाई की मधुर आवाज प्रिंसिपल सुनन्दा को सुनाई पड़ रही थी। वह जल्दी-जल्दी विवाह में सम्मिलित होने के लिए तैयार हो रही थी।

प्रिंसिपल सुनन्दा अपनी विद्वत्ता तथा दयालुता के लिए प्रसिद्ध थी। न जाने कितनी लड़कियों तथा स्त्रियों की मदद तथा आर्थिक सहायता वह कर चुकी थी। असमय पक गये उनके चाँदी जैसे केश उनकी गरिमा को बढ़ाते ही थे। एक प्रकार की तेजस्विता उनके मुँह पर व्याप्त थी।

यद्यपि वह डिग्री कॉलेज की प्रिंसिपल थी और कई स्कूल उनके संरक्षण में थे, पर उन्हें अपने पद का अभिमान नहीं था, न ही प्रसिद्धि का एहसास कोई भी स्त्री अपना दुखड़ा किसी भी समय उन्हें सुनाने आ सकती थी। चपरासी को खास हिदायत थी कि उनके द्वार से कोई लौटने न पाये, खासकर लड़कियाँ तथा स्त्रियाँ। एक चीज उनके पास थी और वह था उनका अनुशासन, जिसे वह बहुत महत्त्व देती थी।

गाना-बजाना चल रहा था। सुनन्दा के पहुँचते ही स्त्रियाँ आदर से खड़ी हो गयीं। उनके बैठने पर सभी उन्हें घेरकर बैठ गयीं। हर स्त्री चाहती थी कि वह उनसे बातें करे। वह भी हँस-हँसकर सभी की बातों का उत्तर दे रही थी।

काफी देर से वह देख रही थी कि एक गरीब-सी दिखने वाली वृद्धा बड़ी हसरत से उन्हें निहार रही है। उसकी आँखों को देखकर प्रतीत होता था कि वह उनसे कुछ कहना चाहती है, पर चारों तरफ स्त्रियों से घिरी देख उसकी हिम्मत नहीं पड़ रही है।

सुनन्दा को जिज्ञासा हुई कि यह वृद्धा उससे क्या कहना चाहती है। धीरे-धीरे वह खिसकती-खिसकती उसके पास पहुँच गयी। उन्हें पास देख कर वृद्धा की आँखें खुशी से चमक उठीं।

सुनन्दा ने पास जाकर धीरे-से पूछा, ''माताजी, आप मुझसे कुछ कहना चाहती हैं न?"

वृद्धा ने सहमति से सिर हिलाया। सुनन्दा ने कहा, "तो अपने दिल की बात कह डालिए।"

वृद्धा ने भयभीत दृष्टि से इधर-उधर देखते हुए कहा, "मैं जो कहना चाहती हूँ, वह सबके सामने कहने योग्य नहीं है।"

सुनन्दा ने कहा, "तो हम बाहर चलते हैं। वहीं विस्तार से आप जो कहना चाहती हैं, कह दीजियेगा।"

वह वृद्धा को लेकर एकान्त स्थान पर आयी और बैठकर बोली, "अब बताइये, आप क्या कहना चाहती हैं?"

थोड़ी देर के लिए वृद्धा जड़वत हो गयी। ऐसा लगा, जैसे वह जो कहना चाहती है, उसको कहने के लिए जबान उसका साथ नहीं दे रही है।

सुनन्दा ने बहुत प्यार से उसके हाथ को अपने हाथ से धीरे-से दबाते हुए कहा, "माताजी, अपनी बेटी से भी कोई दुराव रखता है?"

बेटी, शब्द सुनते ही वृद्धा की आँखों से आँसू टपकने लगे। उसने आँसुओं से भरी आँखें उठाकर कहा, "बेटी, तुमने मुझे 'माँ' कहा है, अब मैं निर्भय होकर तुमसे सब कुछ कह दूँगी, जो मैं वर्षों से अपने हृदय में छिपाए बैठी थी। ऐसी बातें मैं किसी से कह भी तो नहीं सकती थी इस वृद्धावस्था में इस व्यथा को ज्यादा दिन हृदय में पाल रखने में भी अपने को असमर्थ पा रही थी। जो ज्वालामुखी मेरे हृदय में धधक रहा है, उसे आज अपनी बेटी से कहकर अपने दुःख के भार को हल्का कर लूँगी।"

वृद्धा ने कहना शुरू किया, "बेटी, मैं बहुत गरीब विधवा हूँ। मेरी एक लड़की है, जिसका विवाह हो चुका है। मेरी नातिन आपके स्कूल में पढ़ती है। पढ़ने में बहुत तेज है। हमेशा अव्वल आती है। अब आगे पढ़ाने को मेरे पास कुछ नहीं बचा है।"

सुनन्दा ने आश्चर्य से पूछा, "उसके माता-पिता हैं, फिर यह भार आप पर क्यों है?"

वृद्धा ने आँसू पोंछते हुए कहा, "मेरी नातिन अपने माता-पिता के यहाँ से भाग कर मेरे पास आ गयी है।"

सुनन्दा ने विस्मय से पूछा, "उसे भागकर आने की क्या आवश्यकता पड़ गयी थी?"

वृद्धा ने रोते हुए कहा, "अब मैं अपनी जबान से क्या कहूँ? ऐसी शर्मनाक बात कहने को मेरी जबान मेरा साथ नहीं दे पायेगी बेहतर होगा, मेरी नातिन से आप पूरा हाल सुन लें तो बड़ी कृपा होगी।"

सुनन्दा ने कहा, "कल सुबह अपनी नातिन को मेरे बँगले पर जरूर भेज

दीजियेगा। उसकी आगे की पढ़ाई के लिए आप जरा भी चिन्ता न करें। मैं आपकी बेटी हूँ। क्या इतनी मदद भी नहीं करूँगी?"

वृद्धा ने कृतज्ञता से सुनन्दा का हाथ थामकर आँखों से लगा लिया। उन गीली आँखों से सुनन्दा की हथेलियाँ गीली हो गयीं और साथ ही हृदय भी।

दूसरे दिन जब प्रिंसिपल सुनन्दा बगीचे में बैठी समाचार-पत्र पढ़ रही थी तो उन्होंने दूर से एक सहमी हुई लड़की को आते देखा। पास आने पर वह उस लड़की को एकटक निहारती रह गयी। ऐसा प्रतीत होता था, जैसे शिल्पी द्वारा गढ़ी मूर्ति ही सजीव होकर उनके सामने आ खड़ी हुई हो अनोखी। सुन्दरता तथा निर्मलता उस लड़की के मुख पर व्याप्त थी।

अपलक नेत्रों से वह उसे निहारती रही। लड़की की मधुर आवाज सुनकर उन्हें लगा जैसे घण्टियाँ बज रही हों। वह चैतन्य हो गयी। लड़की ने श्रद्धापूर्वक उन्हें नमस्कार किया। उन्होंने उसे पास बैठने का इशारा किया। लड़की के बैठ जाने पर सुनन्दा ने उसका नाम पूछा।

लड़की ने शरमाते हुए कहा, "मेरा नाम दुर्गावती है। मुझे नानी ने भेजा है।

सुनन्दा ने हँसकर कहा, "तुम्हारी माँ ने यह नाम बहुत सोच-समझकर रखा है। मैं भी होती तो तुम्हारा यही नाम रखती।"

'माँ' का नाम सुनते ही लड़की के चेहरे पर घृणा का भाव उभर आया अपने को संयत करते हुए वह बोली "उनका नाम मत लीजिए उनका नाम सुनते ही मेरा रोम-रोम जलने लगता है। माँ के नाम को उन्होंने कलंकित कर दिया है।"

लड़की भावावेश में बोले जा रही थी, "माँ भी अपनी बेटी को बेच सकती है, कभी आपने स्वप्न में भी सोचा है या जागृत अवस्था में सुना है? पर मेरे संग यह सभी कुछ घटित हो चुका है," यह कह कर लड़की की आँखों से आँसू गिरने लगे और उसने घुटनों में अपना सिर छिपा लिया।

थोड़ी देर सुनन्दा उसकी सिसकियों की आवाज सुनती रही। फिर प्यार से उसे उठाते हुए बोली "दुर्गा, तुम तो बहादुर लड़की हो, फिर इतनी जल्दी विचलित क्यों हो गयी? अपने नाम को सार्थक करो विपत्तियों से डटकर मोर्चा लो।"

लड़की ने घुटनों से अपना मुँह उठाया। उसके चेहरे पर आत्मविश्वास झलक उठा।

सुनन्दा ने प्यार से उसकी पीठ पर हाथ फेरते हुए कहा, "बेटी अपनी इस माँ से सब कुछ कहकर अपने हृदय में पलते दुःख को हल्का कर लो : तुम्हारा भेद मुझ तक ही सीमित रहेगा। मुझसे जो सहायता हो सकेगी, जरूर करूँगी, पर पहले विस्तार से मुझे सभी बातें सुना दो, तभी मैं सोचूँगी कि मुझे क्या करना है?"

थोड़ी देर दुर्गा चुप रही, जैसे अपनी लज्जाजनक कहानी सुनाने की हिम्मत

न जुटा पा रही हो। फिर उसके चेहरे पर एक दृढ निश्चय की छाया तैर गयी। वह बोली, "मैं माता-पिता की दुलारी बेटी थी। मेरी माँ भी बहुत रूपवती है। मेरे पिता अच्छे खाते-पीते लोगों में से थे। पैसे का अभाव मुझे कभी नहीं रहा, जो माँगा मिल गया।"

"जब मैं कुछ बड़ी हुई और समझ आयी तो मैंने सोचा, पिताजी तो कोई काम करते नहीं, फिर इतना पैसा कहाँ से आता है। मैंने माँ से जब यह रहस्य जानने की कोशिश की तो उन्होंने बात उड़ाते हुए कहा, बेटी तुम्हें जो चाहिए, बता दो, हम मँगवा देंगे। तुम मन लगाकर पढ़ो-लिखो। इन बातों में अपना समय बर्बाद मत करो।"

"मैं भी भूल गयी और पढ़ने-लिखने में जुट गयी बचपन से ही मुझे पढ़ने का बहुत शौक था। मैं चाहती थी कि पिताजी का नाम रोशन करूँ, ताकि उन्हें कभी यह एहसास न हो कि उनके बेटा नहीं है। तब मैं जिन्दगी के सत्तरह वर्ष पूरे करने वाली थी।"

"एक दिन पिताजी ने कहा, बेटी इस बार तुम्हारे जन्मदिन पर हम बहुत से लोगों को बुलाना चाहते हैं। तुम्हारे लिए हमने विशेष पोशाक का ऑर्डर दे दिया है। देखोगी तो खुश हो जाओगी।"

"मैंने प्यार से पिताजी की तरफ देखते हुए माँ के गले में हाथ डालते हुए कहा, "माँ, बेकार इतना पैसा क्यों बरबाद कर रही हो इतने आदमियों को बुलाने की क्या आवश्यकता है, हम तीनों क्या कम हैं?"

"माँ ने लाड़ से मुझे पुचकारते हुए कहा, हमारी बेटी के लिए पैसे की कमी हमें कभी नहीं रहेगी।"

"जन्मदिन की सुबह पिताजी ने एक पैकेट मुझे पकड़ाते हुए कहा, बेटी यह पोशाक आज शाम को तुम पहनोगी। इसी में कुछ जेवर भी हैं, सँभालकर रखना।"

"माँ तथा पिताजी की दरियादिली देख मैं बाग-बाग हो गयी। शाम को मैंने पैकेट खोला उसमें रखी पोशाक देखकर मैं धक से रह गयी। ऐसी पोशाक तो पेशेवर औरतों को मैंने पहने देखा था। जेवर भी उसी प्रकार के थे। मुझे समझ में नहीं आया कि इतनी कीमती पोशाक तथा कीमती जेवर लाने का पिताजी का क्या अभिप्राय था। पर उसी रात को सब समझ में आ गया।"

"शाम को मैंने माँ से कहा भी कि ऐसी पोशाक हमारे लिए आपने क्यों मँगवाई? जैसे कपड़े हम पहनते हैं उसी प्रकार के क्यों नहीं मँगवाए?

माँ ने कहा, "बेटी हम तुम्हें नये किस्म की पोशाक में देखना चाहते हैं।"

"गाढ़े नीले रंग का चूड़ीदार पाजामा था। उसके ऊपर हल्के नीले रंग की घेरेदार क़मीज थी। चुस्त बास्कट के ऊपर बहुत हल्के रंग की पारदर्शक ओढ़नी थी, जिस पर सितारे चमक रहे थे। कान में मुगलकालीन बड़े-बड़े जड़ाऊ इयररिंग थे। गले में लम्बा चमचमाता हार था। दर्पण में अपने रूप को देख मैं स्वयं मुग्ध हो गयी।"

"सभी मेहमान आ चुके थे। मेज पर एक बहुत ही प्यारा बड़ा-सा केक रखा था। उसके चारों तरफ सत्रह मोमबत्तियाँ लगी थीं। माँ मुझे लेकर हॉल में गयी उनके कहने पर मैंने सबको नमस्कार किया। थोड़ी देर के लिए सभी स्तब्ध होकर मुझे निहारते रहे। फिर तालियों का जो सिलसिला चला तो बहुत देर तक चलता रहा। मैं संकोच से गड़ी जा रही थी। इतने आदमियों के सामने आने का मेरा पहला अवसर था और वह भी ऐसी पोशाक में

"माँ ने मुझसे केक कटवाया। 'हैप्पी बर्थ डे' के संग एक बार फिर से तालियों से हॉल गूँज उठा। मैंने केक काटकर पहले माँ और फिर पिताजी को खिलाया। माँ ने मुझे प्यार से देखते हुए केक का एक टुकड़ा मुझे खिला दिया।

"मैंने आश्चर्य से देखा, शराब का दौर शुरू हो गया था। वहाँ आये लोग शरीफ कम बदमाश ज्यादा दिख रहे थे। हर एक मुझे ऐसे तोल रहा था, जैसे मैं कोई बिकाऊ वस्तु हूँ। खुसर-फुसर मची थी। माँ तथा पिताजी हर एक के पास जाकर कुछ बातें करते, फिर इनकार में सिर हिला देते।

"आखिर एक बहुत भद्दे मोटे सेठ जैसे व्यक्ति से बातें करके उन्होंने सहमति में सिर हिलाया। मैं धीरे-धीरे खा रही थी, कनखियों से सब कुछ देखकर समझने का प्रयत्न कर रही थी। धीरे-धीरे करके सब चले गये। वही मोटा सेठ रुका रहा।"

माँ ने मुझसे कहा, "बेटी अपने कमरे में जाकर कपड़े बदलकर सो जाना तुम्हारे कमरे में तुम्हारे सभी उपहार रखवा दिये हैं।"

"मैं उनके सामने ऊपर चली गयी पर दूसरे रास्ते से एक छोटे-से कमरे में घुस गयी, जहाँ से कि मैं उन लोगों का वार्तालाप सुन सकूँ क्योंकि मेरे मन में सन्देह उत्पन्न हो गया था। माँ की आवाज सुनायी पड़ी, "इस हीरे की इतनी कम कीमत नहीं सेठजी, यह नहीं चलेगा। मेरी बेटी तो लाखों में एक है। बहुत ग्राहक मिल जायेंगे। वैसे मेरा चकला भी है।"

सेठ बोला, "इसे अपने चकले में बैठाकर रकम वसूलने का इरादा है? यह सच है कि इसे बैठाते ही आपका चकला चमक उठेगा, पर इस हीरे का वह स्थान नहीं है। इसे तो हम अपनी रखैल बनाकर रखेंगे। तुम्हें एकमुश्त इतना रुपया देंगे कि तुम्हें फिर पैसे की चिन्ता नहीं रहेगी।"

मेरे पिता हँसते हुए बोले, "अरे सेठजी, जब आप इसका उचित मूल्य देंगे तो हम ऐसा क्यों करेंगे?"

सेठ ने एक बहुत बड़ी नोटों की गड्डी मेरी माँ को पकड़ाकर कहा, "किसी समय तुम भी कम नहीं थी, सुनकर माँ बेहयाई से हँस पड़ी।"

सेठ बोला, "तो कल रात का पक्का रहा?" माँ तथा पिताजी ने प्रसन्न होकर कहा, "पर बाकी पैसा कल सुबह मिल जाना चाहिए।"

सेठ भद्दी हँसी हँसता हुआ बोला, "क्या हम पर विश्वास नहीं है?"

माँ बोली, "पैसे के मामले में तो मैं अपने पति का भी विश्वास न करूँ, तुम तो पराये हो।"

सेठ बोला, "अच्छा बाबा, कल सुबह बाकी रकम भिजवा दूँगा, पर रात तुम्हारी बेटी मेरी बाग वाली कोठी में पहुँच जानी चाहिए।"

माँ ने कहा, "सब ठीक हो जायेगा। आप चिन्ता मत कीजिये। मैं बहाने से उसे आपकी कोठी में ले आऊँगी।"

"ये बातें सुनकर मेरे पैरों तले की धरती खिसक गयी। मैं भागकर अपने कमरे में आ गयी और चादर से मुँह ढक लिया। मैंने देखा, माँ मेरे कमरे में आयी। उन्होंने मुझे आवाज दी, पर मैंने ऐसा दिखाया, जैसे मैं घोर निद्रा में हूँ।

"माँ के लौटते ही मैं उठ खड़ी हुई। मेरे पास जो भी रुपये थे, उन्हें लेकर मैंने एक मैली चादर से दो पटिट्याँ फाड़ीं। फिर चादर ओढ़कर मैंने पटिट्याँ अपने हाथ में बाँध लीं ताकि यह लगे कि मुझे कोढ़ जैसी कोई बीमारी हो। यह मैंने इसलिए किया था कि कोई भी मेरी तरफ भूलकर भी न देखे।

"धीरे-धीरे मैं माँ के कमरे के पास आयी। माँ तथा पिताजी घोर निद्रा में थे। शायद इतना अच्छा सौदा करने पर उन्हें उस दिन चैन की नींद आयी थी।

"मैंने धीरे-से दरवाजा खोला। स्टेशन हमारे घर के बहुत करीब था। टिकट लेकर मैं रेल में बैठ गयी। नानी का घर मुझे मालूम था। गाड़ी दूसरे रोज सुबह वहाँ पहुँचती थी। रास्ते में किसी ने मेरी तरफ देखा तक नहीं बल्कि घृणा से मुँह बिचकाकर कहा, दूर बैठ मैं निश्चिन्त होकर दूर बैठ गयी। आँखों को छोड़कर मेरा पूरा शरीर चादर से ढँका था।"

"सुबह मैं नानी के पास पहुँच गयी। नानी मुझे इस अवस्था में देखकर आश्चर्यचकित रह गयी। जब मैंने पूरी बातें सुनाईं तो वह क्रोध से काँपते हुए बोली, "मेरी बेटी और इतनी नीच, सोचकर ही मैं शर्म से गड़ रही हूँ। न जाने कितनी लड़कियों का सर्वनाश करके भी उनका मन नहीं भरा, जो अपनी बेटी तक को बेचने को तैयार हो गये।"

"मैंने कहा, नानी, अब सोचो कि हमें क्या करना है? सबसे पहले माँ, पिताजी यहाँ ही आयेंगे, क्योंकि वे जानते है कि तुम्हारे सिवा मेरा और कोई नहीं है। अब तुम्हें उन्हें यही विश्वास दिलाना होगा कि मैं यहाँ नहीं आयी हूँ।"

नानी बोली, "दुर्गा, तू चिन्ता न कर। मैं ऐसा नाटक करूँगी कि वे विश्वास

करके उलटे पाँव लौट जायेंगे। वे जैसे ही आयें, बस तू पीछे की कोठरी में छिप जाना। मैं सब सँभाल लूँगी। दूसरे दिन रात को माँ तथा पिताजी बदहवास नानी के घर पहुँच गये। पहुँचते ही उन्होंने पूछा, दुर्गा तो यहाँ नहीं आयी है?"

नानी बोली, 'क्यों, क्या बात है? तुम दोनों घबराये हुए हो?"

माँ बोली, "दुर्गा का कहीं पता नहीं है। रात से गायब है।"

नानी छाती पीटती हुई बोली, "हाय, मेरी दुर्गा कहाँ चली गयी?" वह बेटी, दामाद को फटकारती हुई आगे बोली, "मेरा मुँह क्या देख रहे हो...जल्दी जाकर उसका पता लगाओ।" यह कहकर नानी मगरमच्छी आँसू बहाने लगी। मेरे माता-पिता मायूस होकर लौट गये। उन्हें पूरा विश्वास था कि मैं उन्हें यहाँ जरूर मिल जाऊँगी। माता-पिता के जाते ही मैं नानी से लिपट गयी और बोली, "नानी, नाटक तो तुम्हारा कमाल का रहा?"

"वह मुस्कराकर बोली, "फिलहाल तो संकट टल गया है।"

"नानी पेट काट-काटकर मुझे पढ़ाती रही, पर वह यह भी समझ गयी थी कि आगे पढ़ाना उनके लिए कठिन होगा। इसका उन्हें हार्दिक दुःख था। आपकी दयालुता के बारे में उन्हें ज्ञात था, तभी वह विवाह में पहुँच गयी थी ताकि आपसे मदद लेकर मेरी पढ़ाई चालू रख सकें।"

प्रिंसिपल सुनन्दा दुर्गा की पूरी बात सुनने के बाद बोली, "बेटी, तुम्हें किसी की सहायता की आवश्यकता नहीं पड़ेगी। तुम्हें हर साल मैं छात्रवृत्ति दिलवा दूँगी। इसके अलावा मैं तुम्हें जेबखर्च अपनी तरफ से दूँगी। बस बेटी, मन लगाकर पढ़ना।"

दुर्गा ने कृतज्ञता से सुनन्दा की तरफ देखते हुए कहा, "आपको 'माँ' कहकर सम्बोधित नहीं करूँगी क्योंकि इस शब्द की घृणित छवि ने मेरे हृदय में हमेशा के लिए स्थान ले लिया है। आपको 'नानी माँ' कहूँगी क्योंकि नानी का मेरे हृदय में जो सम्मान है, उससे भी ज्यादा आपके लिए है। आपकी कृपा मैं जीवनपर्यन्त नहीं भूलूँगी। मेरे कारण कभी आपका सिर नीचा नहीं होगा।"

सुनन्दा ने पूछा, "तुम्हारे माता-पिता दूसरी बार नानी के पास आये थे?"

दुर्गा ने उत्तर दिया, हाँ, एक बार आये थे। मैं कॉलेज में थी। नानी ने उनसे पूछा था कि मेरा पता चला। उन्होंने दुखी होकर कहा था, "शायद दुर्गा गुण्डों के चंगुल में फँस गयी है। अब तो कोई आशा नहीं रही।"

नानी ने मगरमच्छी आँसू बहाते हुए कहा था, "बेटी, अब तुम दोनों मेरे पास मत आया करो। तुम्हें देख दुर्गा की याद ताजा हो जाती है। अब मैं मोह-माया के चक्कर में नहीं पड़ना चाहती। तुम लोगों के आने से मुझे दुर्गा की याद सतायेगी।

इसलिए अब मेरे पास मत आना। तब से माँ तथा पिताजी नहीं आये है।"

सुनन्दा ने कहा, "दुर्गा बेटी, बी.ए. में तुम्हें प्रथम स्थान लेना है। तभी तुम्हारी नानी माँ का मस्तक गर्व से ऊँचा होगा। तुम हॉस्टल में रहोगी। नानी तुमसे मिलने आया करेगी।"

सुनन्दा ने दुर्गा के लिए हॉस्टल में इन्तजाम कर दिया। बी.ए. का परीक्षाफल निकला। दुर्गा की प्रथम श्रेणी तथा प्रथम स्थान आया। नानी तब उससे मिलने आयी।

सुनन्दा ने उनसे कहा, "विश्वास मानिये, यह सब दुर्गा की मेहनत का फल है। मुझे पूरी उम्मीद है कि वह आगे भी इसी तरह तरक्की करती रहेगी।"

नानी की आँखों में सुनन्दा के लिए अपार श्रद्धा उमड़ आयी।

सुनन्दा ने दुर्गा के लिए बी.एड. में दाखिला के लिए आवेदन पत्र भिजवा दिया। उसे बी.एड. में दाखिला तो मिल गया पर हॉस्टल में स्थान न मिला।

सुनन्दा कालेज की प्रिंसिपल उर्मिला के पास पहुँची। उन्हें आने में देर होती देख उन्होंने चपरासी से पूछा, "प्रिंसिपल साहिबा कहाँ हैं।" उसने उत्तर दिया, "अपने कमरे में आराम कर रही हैं।" प्रिंसिपल उन्हें देखकर घबरा गयी और देर से आने के लिए माफी माँगी। सुनन्दा ने कहा, "आपके हॉस्टल में कोई कमरा खाली नहीं है न?" उर्मिला बोली, "जी हाँ, वह तो मैं आपको पहले ही लिख चुकी हूँ।" सुनन्दा ने कहा, "आप ड्यूटी के वक्त आराम कर रही थीं, यह गलत कर रही थीं और जिस कमरे में आराम कर रही होंगी, वह जरूर खाली होगा।" उर्मिला बोली, "मैडम, तबीयत कुछ ठीक नहीं थी इस कारण आराम कर रही थी। अब ऐसी गलती नहीं होगी, रही कमरे की बात, वह आप जिसे कहेंगी, मैं दे दूँगी। "

सुनन्दा बोलीं, "जिस लड़की को मैं आपके पास भेज रही हूँ वह आपके कॉलेज का नाम रोशन करेगी, उसके जैसी प्रखर बुद्धि की लड़की विरले ही मिलती है। जैसा रूप है, वैसे ही गुणों से भरपूर उसका चरित्र है।"

दूसरे दिन सुनन्दा ने दुर्गा को प्रिंसिपल उर्मिला के पास भेज दिया। अपलक नेत्रों से प्रिंसिपल उसे देखती रही। फिर बोली, "तुम्हारा नाम दुर्गा है न?"

दुर्गा ने मोहक मुस्कान से उत्तर दिया, "जी हाँ! मैडम सुनन्दा ने तुम्हारी बहुत प्रशंसा की है, आशा है, तुम उनके मान की रक्षा करोगी।"

दुर्गा ने कम्पित स्वर में कहा, "मैडम, उनके एहसान मैं जिन्दगी में कभी नहीं भूलूँगी।" प्रिंसिपल हँसकर बोली, "मुझसे भी तुम्हें कोई शिकायत नहीं होगी। दुर्गा ने उन्हें आदर से नमस्कार किया और नौकरानी के संग अपने कमरे में चली गयी।"

दुर्गा किसी भी लड़की से ज्यादा बोलती नहीं थी और न ही कहीं घूमने जाती

थी। उसका ध्येय था प्रथम स्थान पाना। अपने अथक परिश्रम से उसने बी.एड. में प्रथम स्थान प्राप्त कर लिया।

सुनन्दा के हर्ष का पारावार न रहा। उन्हें लगा कि अब इस लड़की के जीवन में कोई परेशानी नहीं आयेगी क्योंकि अब वह अपने पैरों पर खड़ी हो गयी है। अब तो आखिरी कर्तव्य उनका यह रह गया है कि उसे नौकरी दिलाकर किसी सुयोग्य वर से उसका विवाह कर दें। एकाएक उन्हें याद आया कि एक बार उन्होंने प्रिंसिपल उर्मिला को एक लड़के से बातें करते पाया था। लड़का उन्हें भाभी कहकर सम्बोधित कर रहा था। कहीं वह उर्मिला का देवर तो नहीं है? वह फौरन उठ खड़ी हुई और उर्मिला के दफ्तर में पहुँच गयी। उन्हें देखते ही उर्मिला आदर से खड़ी हो गयी और मुस्कराकर बोली, "अब आपकी क्या आज्ञा है।" सुनन्दा हँसकर बोली, "एक बात पूछूँ?" उर्मिला बोली, "एक नहीं, कई बातें पूछिये। मुझे आपसे बातें करके परम सुख मिलता है। आप जैसी आदरणीय कहाँ मिलती हैं।"

सुनन्दा गम्भीर स्वर में बोली, "आपका कोई देवर है?" "जी हाँ, है तो। क्या उसने कोई अनुचित हरकत की है?" "अरे नहीं-नहीं, मैं तो दूसरी बात कहना चाहती हूँ।" "मैं तो डर गयी थी...अब आप बेखटके कहिये।" सुनन्दा बोली, "दुर्गा आपको कैसी लगती है? मैडम, उस जैसी लड़की इस नये जमाने में मिलना दुर्लभ है। वह तो एक रत्न है। आपकी पालित कन्या आप जैसी ही तो होगी।" सुनन्दा बोली, "क्या आप उसे अपनी देवरानी बनाने की कृपा करेंगी?"

उर्मिला का मुँह उतर गया। वह बोलीं, "मुझे तो बहुत खुशी होती अगर उसे मैं देवरानी बना पाती, पर मेरा देवर तो विवाह के लिए इनकार कर रहा है। उसे कोई लडकी पसन्द ही नहीं आती।"

सुनन्दा ने कहा, "गर्व तो नहीं करती, पर दुर्गा को देखकर शायद वह मान जाये। ऐसा है, मैं अपने घर में एक छोटी-सी पार्टी रख लेती हूँ...वहीं दोनों एक-दूसरे को देख लेंगे।" "हाँ...यह ठीक रहेगा,।" उर्मिला बोली। पार्टी में सुनन्दा के घर कई लोग आये। दुर्गा ने लाल किनारी वाली साड़ी पहनी तथा ऊपर से लाल रंग का ब्लाउज। बिना किसी सौंदर्य प्रसाधन के उसका चेहरा दमक रहा था। हर किसी की आँखें उसकी तरफ उठ जाती थीं।

दूर बैठा उर्मिला का देवर सुबोध उस अछूते सौन्दर्य का पान कर रहा था। वह भी समझ नहीं पा रहा था कि यह लड़की, जो सभी काम ऐसी आत्मीयता तथा कुशलता से कर रही है, कौन हो सकती है? घर पहुँचते ही सुबोध भाभी के पास आकर बैठ गया। उर्मिला हँसते हुए बोलीं, "कहो देवर जी, क्या बात है...कुछ चिन्तित से लग रहे हो?" "भाभी, तुम घर और कॉलेज दोनों ही देखती हो। बहुत

थक जाती हो, मुझे अच्छा नहीं लगता।" उर्मिला बोली, "तो एक नौकरानी रख दो न।" भाभी, तुम भी कैसी बात कर रही हो। नौकरानी आये दिन गायब रहेगी, चोरी करेगी वह अलग से और कोई उपाय भी तो नहीं है।" तुम्हें वर्षों से कह रही हूँ कि विवाह कर लो। घर में एक और स्त्री के आने पर मुझे भी सुविधा हो जायेगी और तुम सबको भी आराम मिल जायेगा पर तुम तो कानों में तेल डाले बैठे हो। आज कह रहे हो कि मुझ पर काम का बोझ पड़ता है। इतने दिनों से तुम्हें दिखायी नहीं दे रहा था? सुबोध बोला, "सच भाभी, मैं कुसूरवार हूँ। पर यह गलती सुधारी भी तो जा सकती है। मुझसे आपका कष्ट देखा नहीं जाता।" उर्मिला हँसकर बोली, "देवरजी, क्या मामला है, जरा स्पष्ट तो करो?" सुबोध सकुचाता हुआ बोला, "भाभी, मैं अब विवाह के लिए तैयार हूँ।"

उर्मिला चहकती हुई बोली, "अरे, लड़कियों की क्या कमी है...अभी इशारा करूँ तो बीसियों लड़कियाँ आकर खड़ी हो जायें।" "मुझे बीसियों से क्या लेना-देना है। अपने राम के लिए तो एक ही काफी है।" "तो सेठ धनीराम से बात करूँ? उनकी लड़की तुम्हारी देखी हुई है, इसके अलावा वह दहेज भी खूब लाएगी। भाभी, तुम भी किस सड़ियल की बात ले बैठी, मेरी बीवी तुमसे सुन्दरता में पच्चीस होनी चाहिए, ऐसी-वैसी नहीं...समझ गयी न?" उर्मिला बनती हुई बोली, "अब तुम्हारे लिए अप्सरा कहाँ से लाऊँ?" "अरे बगल में लड़की और शहर में ढिंढोरा, तुम भी खूब हो भाभी।" "यह कैसी रहस्यमय बातें कर रहे हो, कौन लड़की मेरी बगल में है?" सुबोध बोला, "भाभी, अब ज्यादा बनो मत। अरे, वही लड़की, जो पार्टी में कल...लाल साड़ी वाली...बेचारी सबकी आवभगत कर रही थी।"

"वाह देवरजी, अभी से वह बेचारी हो गयी। अभी तो विवाह नहीं हुआ है तो यह हाल है। विवाह के पश्चात् तो मुझी से उसका सभी काम करवाने का इरादा है क्या? भई, मुझे यह सम्बन्ध पसन्द नहीं है।"

सुबोध गिड़गिड़ाता हुआ बोला, "अरे भाभी, तुम तो नाराज हो गयी, उसे तो तुम्हारी सेवा के लिए ला रहा हूँ।" उर्मिला गम्भीर होकर बोलीं, "एक बात याद रखना। वह लड़की अनाथ है। प्रिंसिपल सुनन्दा की वह पालित पुत्री है। वहाँ तुम्हें कुछ मिलने वाला नहीं है।" "भाभी, रुपये-पैसे को गोली मारो। क्या मैं निखट्टू हूँ जो पत्नी के पैसों पर जिन्दगी बसर करूँगा? तुम चिन्ता मत करो, मुझे सब मंजूर है।" उर्मिला बोली, "तो बात पक्की करूँ?" "भाभी, नेकी और पूछ-पूछ। बस, जल्द-से-जल्द शहनाई बजवा दो।" दूसरे दिन उर्मिला प्रिंसिपल सुनन्दा के पास पहुँचकर बोली, "आपकी विधि से कार्य सफल हो गया। मेरे देवर तो दुर्गा से विवाह करने को उतावले बैठे हैं। बस, आपकी आज्ञा की देर है।" सुनन्दा ने कृतज्ञता से

उर्मिला की तरफ देखते हुए कहा, "यह सब आपकी कृपा से ही हुआ है। एक बात मैं आपको पहले से ही बता देना चाहती हूँ..."

बीच ही में टोककर उर्मिला बोली, "यही न कि आप कुछ दे नहीं पायेंगी। पर आपने दुर्गा जैसी लड़की हमें दे दी, यह आपका कम उपकार है? ऐसी सर्वगुण सम्पन्न लड़की सुबोध को कहाँ मिलती।" बस, अब आप दिन तय कर लीजिए।

सुनन्दा बोली, "आज रविवार है, अगले रविवार को यह विवाह होगा।" सुनन्दा ने विवाह अपने घर से ही करने का फैसला कर लिया था। दुर्गा की नानी भी वहीं आ गयी थी। लाल जोड़े में दुर्गा का सौन्दर्य देखते बनता था। दुर्गा को फूलों से सजाया गया था। वह वनदेवी-सी लग रही थी। सुबोध एकटक उसे निहारे जा रहा था। उसे झकझोरते हुए उर्मिला बोली, "देवरजी, अब बस भी करो। पूरी रात पड़ी है मुँह निहारने के लिए। अभी से खजाना खाली कर दोगे तो रात को क्या देखोगे?" सुबोध मुस्कराता हुआ बोला, "भाभी, घबराओ मत, अपने पास कारूँ का खजाना है। जल्द खत्म होने वाला नहीं है।" लज्जा से दुर्गा का मुँह और भी लाल हो गया। पति का परिहास उसे गुदगुदा गया। उसने अपनी घनी पलकें उठाकर सुबोध को निहारा। फिर लज्जा से आँखें स्वतः झुक गयीं। बड़ी सादगी से विवाह सम्पन्न हुआ। भरी आँखों से दुर्गा नानी के गले मिली। फिर सिसकती हुई सुनन्दा के गले से लिपटकर सुबकने लगी। सुनन्दा की आँखें छलछला उठीं। उन्होंने दुर्गा को भींचते हुए कहा, "बेटी, अपनी नानी तथा नानी माँ की लाज रखना। कोई ऐसा काम न करना जिससे उनकी गर्दन नीची हो।" दुर्गा सुनन्दा के पैर छू कर सिसकती हुई बोली, "नानी माँ, जान रहते मेरी तरफ से आपको कोई शिकायत नहीं मिलेगी।" उर्मिला देवरानी को लेकर घर आ गयी। जिसने भी बहू को देखा, मुक्त कण्ठ से प्रशंसा की। सुबोध के दोस्त उसे घेरे बैठे थे। वह मन-ही-मन कुढ़ रहा था। घड़ी में दस बजते ही वह उठ खड़ा हुआ और दोस्तों से बोला, "मित्रो, अब कल भेंट होगी।" एक दोस्त बोला, "यारो, अब चलें, ऐसी रूपसी पत्नी के आगे अब यह हमें क्यों पूछेगा।"

सुबोध अन्दर गया तो भाभी बोलीं, "बड़ी जल्दी छुट्टी पा गये। दुर्गा देवी के दर्शनों की इतनी उत्कण्ठा है तो जाओ, देवी भी तुम्हारी बाट देख रही है।" यह कहती वह खिलखिला उठी। कमरे में घुसते ही फूलों की महक ने उसके अंग-अंग में ताजगी भर दी। कमरा बहुत ही सुघड़ता से सजाया गया था। हल्के नीले रंग के परदे हवा से हिल रहे थे। उसी रंग का बल्ब जल रहा था। पलंग पर फूलों की झालरें लटक रही थीं। पंखे की हवा से हिल-हिलकर वे झालरें मानो अन्दर आने का निमन्त्रण दे रही थीं।

पलंग पर दुर्गा हल्के गुलाबी रंग की साड़ी में लम्बा घूँघट किये बैठी थी। उस पारदर्शक साड़ी से झाँकता उसका लुभावना चेहरा और भी सुन्दर लग रहा था। फूलों के गहने उसकी सुन्दरता में चार चाँद लगा रहे थे। सुबोध कोमलता से दुर्गा का घूँघट उठाकर उसे मुग्ध भाव से निहारते हुए बोला, "तुम तो सच में शिल्पकार द्वारा गढ़ी मूर्ति-सी लग रही हो। तुम्हें पाकर तो मैं धन्य हो गया।"

अपनी कोमल मेहँदी से रची हथेलियाँ सुबोध के मुँह पर रखती वह धीरे से बोली, "धन्य भाग तो मेरे हैं जो आप जैसे पति मिला है। मुझ अकिंचन को तो आप ने स्नेह से मालामाल कर दिया है।" भोर ही में दुर्गा उठ गयी। जल्दी-जल्दी स्नान कर के वह रसोईघर में घुस गयी। उसने चाय बनायी और पहले जेठ-जेठानी की चाय लेकर उनके कमरे का दरवाजा हल्के-से थपथपाया। उर्मिला ने ही दरवाजा खोला। सद्यःस्नाता दुर्गा हाथ में चाय की ट्रे लिए मुस्कराती हुई खड़ी थी। सिर पर कायदे से पल्ला ढँका था। उर्मिला एकटक देखती रह गयी। ट्रे को मेज पर रखकर उसने जेठानी के पैर छुए।

उर्मिला अवाक् थी। जेठ ने बड़े स्नेह से उसकी ओर देखा। उर्मिला बोली, "दुर्गा, कल ही तो तुम आयी हो, अभी से घर के काम में जुट गयी।" दुर्गा मुस्कराती हुई बोली, "दीदी, यह घर हम दोनों का है। मैं छोटी हूँ। इस कारण मुझे आप लोगों की सेवा करनी है। सच दीदी, काम करने में मुझे परम सुख मिलता है।" उर्मिला ने प्यार से उसे सीने से चिपकाते हुए कहा, "पगली, हमारी ही सेवा करती रहेगी या पति का भी कुछ ख्याल करेगी।" दुर्गा का चेहरा लज्जा से लाल हो गया। वह बोली, "दीदी, आप के दर्शन कर लिए, अब उन्हें भी चाय देने जा रही हूँ। पहले ही दिन इतना प्यार तथा आदर पाकर उर्मिला तथा उसके पति गद्गद हो गये।"

चाय का प्याला लेकर दुर्गा अपने कमरे में पहुँच गयी। देखा, सुबोध गहरी नींद में सोया हुआ है। दुर्गा ने प्याला मेज़ पर रखकर उसे धीरे-से गुदगुदाया। वह उसे आलिंगन में लेकर फिर सो गया। अपने को छुड़ाती दुर्गा बोली, "नवाब साहब, जल्दी उठिए, चाय ठण्डी हो रही है।" नींद में सुबोध बड़बड़ाया, "दुर्गा, जरा और पास आना।" वह हँसती हुई बोली, "ऐ जी...जरा आँखें तो खोलो...सूरज सिर पर आ गया है। क्या दफ्तर नहीं जाना है? चलो, फटाफट तैयार हो जाओ।" सुबोध ने आँखें खोलीं पत्नी को देख वह मुग्ध भाव से निहारता हुआ बोला, "चाय-वाय सब पी ली है। बस, थोड़ी देर हमारे पास आकर बैठो।" दुर्गा बोली, "देखो, चाय पी लो वरना ठण्डी जो जायेगी। फिर मैं दूसरी चाय बनाने चली जाऊँगी।" "ऐसा गजब मत करना, हमें ठण्डी चाय पीनी कबूल है, पर तुम्हारा यहाँ से खिसकना नहीं...समझ गयी न? लो, हम एक मिनट में ब्रश करके आते हैं।" सुबोध लपककर स्नानघर

में घुस गया। फिर चाय पीने बैठ गया। चाय खत्म करके दुर्गा बोली, ''अब फटाफट तैयार हो जाओ। सभी सामान स्नानघर में रख दिया है, अगर कुछ और चाहिए तो आवाज देकर बुला लेना, मैं रसोईघर में नाश्ता तैयार कर रही हूँ। पर एक बात याद रखना, बेकार मुझे मत बुलाना...भाभी क्या सोचेंगी।''

सुबोध तैयार होकर भोजन कक्ष में आया। मेज पर हलवा, पकौड़ियाँ तथा आलू की टिकियाँ जाली से ढककर रखी थीं और दुर्गा चाय लेकर आ रही थी। सुबोध ने आवाज लगाई, ''अरे भाभी, जल्दी आ जाओ। घण्टे भर से नाश्ता ठण्डा हो रहा है।'' उर्मिला तथा उसके पति सुरेन्द्र कमरे में घुसते हुए बोले, ''क्या बढ़िया महक आ रही है।''

दुर्गा बोली, ''दीदी, खाने के समय आप और भैया जरूर आ जाना।'' फिर पति की तरफ आँखें नचाकर बोली, ''आपको तो थोड़ा दूर पड़ेगा, शायद न आ पाओ।'' सुबोध जल्दी से बोला, ''अरे, मेरा दफ्तर दूर ही कितना है। पाँच मिनट में पहुँच जाऊँगा। मैं गर्म तथा बढ़िया खाना छोड़कर कैण्टीन का सड़ियल खाना क्यों खाऊँ?''

सब कुछ सुचारु रूप से चल रहा था। दुर्गा को लगता था, दीदी के एक भी बच्चा होता तो घर में रौनक हो जाती।

एक दिन उसने विनीत भाव से उर्मिला से कहा, ''दीदी एक बात कहूँ, आप नाराज तो नहीं होंगी?'' उर्मिला प्यार से उसकी ठुड्डी पकड़ती हुई बोली, ''कहो देवरानी जी, क्या कहना चाहती हो? शहर में एक त्रिशूलधारिणी संन्यासिनी आयी हैं। सुना है कि उनके आशीर्वाद से न जाने कितनी स्त्रियों को पुत्र प्राप्त हो गये हैं। क्यों न हम भी किसी दिन चलें?'' उर्मिला बोली, ''देखो दुर्गा, तुम तो पढ़ी-लिखी हो, फिर भी ऐसी बातों पर विश्वास करती हो। अरे, ये सब ढोंगी होते हैं। मुझे ऐसे लोगों के पास नहीं जाना है। अब तो इस घर में जल्द-से-जल्द बच्चे की किलकारी गूँजे, यह मेरा नहीं, तुम्हारा काम है।''

''पर दीदी, एक बार जाने में हर्ज ही क्या है। वह महान हैं। न जाने उन्होंने कितनी स्त्रियों को गुण्डों के चंगुल से छुड़ाया है। उनके त्रिशूल में कुछ ऐसी शक्ति है कि दुश्मन देखते ही भाग खड़ा होता है या मुकाबला भी करता है तो हारकर भाग जाता है। उस संन्यासिनी के मुख पर अद्भुत तेज है। वह रात-दिन अपना त्रिशूल लिये घूमती रहती है। उन्हें किसी से डर नहीं लगता। लोग कहते हैं कि निर्बलों की रक्षा हेतु उनके त्रिशूल में प्रकृति ने कोई शक्ति भर दी है।''

उर्मिला बोली, ''दुर्गा, अगर किसी पर अविश्वास हो तो काम वैसे भी फलीभूत नहीं होता। जिस दिन मुझे इन बातों पर विश्वास हो जायेगा, मैं स्वयं चली जाऊँगी। मेरे विश्वास पर ही मेरा काम सिद्ध हो जायेगा।'' सुनकर दुर्गा का मुँह

लटक गया। दो दिन बाद ही उर्मिला के कॉलेज में वार्षिक उत्सव था। चलते समय वह कह गयी थी, दुर्गा तुम वक्त पर पहुँच जाना। सुबोध दफ्तर के काम से बाहर गया था। दुर्गा ने झटपट घर का काम निपटाया और तैयार होने लगी। जाड़े के दिन थे। छः बजे से ही अँधेरा हो गया था। उसने अपनी सबसे सुन्दर साड़ी निकाली, जो सुबोध ने दी थी। उर्मिला कह गयी थी कि ठीक से तैयार होकर आना, वहीं पर सबसे तुम्हारा परिचय करवाऊँगी। इस कारण भी दुर्गा ने अपना अनुपम शृंगार किया था। उसने रिक्शा के लिए इधर-उधर निगाह उठाई, पर एक भी रिक्शा न देख पैदल ही चल पड़ी। एकाएक अँधेरे में किसी ने दुर्गा को कसकर पकड़ लिया। उसके मुँह से एक जोर की चीख निकली, चारों तरफ गूँज उठी। अपने को उस पुरुषपाश से छुड़ाने के लिए उसने अपनी पूरी शक्ति लगा दी पर वह पुरुष शायद ज्यादा ही बलवान था, वह उसकी पकड़ से निकलती पर वह फिर पकड़ लेता। दुर्गा ने फुर्ती से जूड़े का नोकदार काँटा निकालकर उस पुरुष के हाथ में अपनी पूरी शक्ति से गड़ा दिया। उस आदमी के मुँह से एक दर्दनाक चीख निकली। एक सेकेण्ड के लिए उसकी पकड़ ढीली पड़ गयी। दुर्गा एक बार फिर जोर से चिल्लाई।

अँधेरे में एक गम्भीर आवाज सुनायी पड़ी, "बेटी, मैं आ गयी हूँ। घबराना मत।" उसने धुँधले में देखा कि एक स्त्री हाथ में त्रिशूल लिए वेग से उसकी तरफ भागी आ रही है। अँधेरे में भी उसका त्रिशूल चमक रहा था। गुण्डे ने आगे बढ़कर उससे मोर्चा लिया। जब उसने देखा कि वह उस त्रिशूलधारिणी से पार नहीं पा सकेगा तो उसने कमर से छुरा निकालकर उस पर वार किया। छुरे का वार उसने त्रिशूल पर रोका, पर फिर भी उसकी बाँह पर थोड़ा जख्म हो ही गया। अब त्रिशूलधारिणी को क्रोध आ गया। उसने त्रिशूल का भरपूर वार गुण्डे के सिर पर किया जिससे वह अचेत हो गया।

त्रिशूलधारिणी बोली, "बेटी, तुम्हें अकेले नहीं निकलना था।" दुर्गा बोली, "माँ जाना जरूरी था। रिक्शा मिला नहीं...मेरे पति भी बाहर गये हुए हैं। इसी कारण अकेले आना पड़ा।" त्रिशूलधारिणी का पूरा शरीर गेरूए वस्त्र से ढँका हुआ था, उन्होंने प्यार से कहा, "चलो बेटी तुम्हें तुम्हारे घर तक छोड़ दूँ।" रोशनी आते ही त्रिशूलधारिणी संन्यासिनी ने एक भरपूर नजर दुर्गा पर डाली। थोड़ी देर के लिए वह अपने होशहवास गँवाकर गिरते-गिरते बची। दुर्गा ने भी उन्हें सहारा देकर जैसे उनका मुँह देखा, वह थोड़ी देर के लिए जड़ हो गयी। फिर रोती हुई उनसे लिपट गयी। एक दिन इसी माँ ने उसे बेचने की योजना बनायी थी, आज उसी ने उसकी इज्जत बचाई, कैसा विरोधाभास था।

थोड़ा सहज होते ही वह बोली, "माँ, तुम्ही त्रिशूलधारिणी माँ के नाम से असहायों की रक्षा करती हो? उन्होंने उदासी से हाँ में सिर हिलाया। दुर्गा ने पूछा,

"माँ, पर पिताजी कहाँ हैं? तुम ऐसे भेष में कैसे आ गयी?" त्रिशूलधारिणी बोली, "दुर्गा बेटी, तेरे जाने के बाद हमने सोचा कि जिन लोगों को हमने जन्मदिन पर बुलाया था, उन्हीं में से किसी ने तेरा अपहरण कर लिया है, हमने बहुत खोजा, पर तेरा कहीं पता न चला..."

बीच ही में उन्हें टोक दुर्गा बोली, "माँ मैंने तुम्हारी सभी बातें छोटे कमरे से सुन ली थीं। मैंने फौरन भागने की योजना बना डाली। मैं सीधे नानी के पास पहुँच गयी थी। नानी मुझे तुम्हारे चंगुल से निकालने के लिए झूठ बोली थी। उनके पास जब तक पैसा था, उन्होंने मुझे पढ़ाया। फिर प्रिंसिपल सुनन्दा को मुझे सौंप दिया। उन्होंने मुझे पढ़ाया-लिखाया और योग्य वर से मेरा विवाह भी करवा दिया। मैं अत्यन्त सुखी हूँ माँ, अब अपने तथा पिताजी के बारे में बताओ।"

वह बोली, "बेटी तेरे जाने के बाद हमारा जीवन बरबाद हो गया। हमें लगा न जाने हमने कितनी लड़कियों की आहें ली हैं यह उसी का परिणाम है कि हमारी बेटी को भी गुण्डे उठाकर ले गये। हमें तुमसे अथाह प्रेम था, यह पता तो तुम्हारे जाने के बाद लगा। धन की लिप्सा ने हमें पतन के गर्त में लाकर ऐसा पटका कि हम अपनी बेटी को भी बेच बैठ। अपने किये की वेदना में हम दोनों जलते रहे। तुम्हारे पिता ज्यादा दिन तुम्हारा बिछोह सहन नहीं कर पाये। मरते-मरते भी उनकी जबान पर तुम्हारा नाम था। पश्चात्ताप की आग में जलते-जलते ही उनके प्राण निकले थे।

"मुझे भी अपने किये पर इतना पश्चात्ताप हुआ कि मैंने गंगा में छलाँग लगा दी। जब होश आया तो देखा कि मैं जंगल में एक पर्णकुटी में पड़ी हूँ और एक साधु मुझे कुछ जड़ी-बूटी पिला रहा है। मुझे आँखें खोलते देख वह बोला, आत्महत्या जैसा घृणित अपराध क्यों कर रही थी?

"मैंने उन्हें हाथ जोड़ते हुए कहा, मुझ जैसी दुष्ट औरत का अब सिवा गंगा के कोई स्थान नहीं है। मैंने अपने घृणित जीवन की एक-एक बात उन्हें बताकर पूछा, क्या यह जीवन अब जीने योग्य रह गया है? साधु ने गम्भीरता से कहा जिनका सर्वनाश किया है, उनकी रक्षा करके भी तो तुम अपने अपराधों से मुक्ति पा सकती थीं...फिर ऐसा क्यों नहीं किया। यह जीवन प्रकृति की धरोहर है। वह इसे जब चाहे ले सकती है, पर तुम्हें इसे नष्ट करने का कोई अधिकार नहीं है।

मैंने रोते हुए कहा, "मैं अबला गुण्डों से असहाय स्त्रियों की कैसे रक्षा कर सकती हूँ? उन्होंने मुझे धीरज बँधाते हुए कहा पहले अपने में आत्मशक्ति और आत्मविश्वास का संचार करो, तभी मैं तुम्हें कुछ दूँगा। मैंने कहा, इस दुष्ट स्त्री पर आपकी इतनी कृपा है तो मैं अपने में आत्मशक्ति का संचार जरूर कर लूँगी। तब

उन्होंने मुझे यह त्रिशूल देते हुए कहा, तुम इसी से दुष्टों का संहार करोगी। तुम्हारी आत्मशक्ति इस त्रिशूल में रहेगी। अब जाओ, अपने कार्य में जुट जाओ। तब से मैं अपने अपराधों से मुक्ति पाने के लिए रात-दिन दुष्टों से टक्कर लेने लगी। सभी को विश्वास हो गया कि इस त्रिशूल में कुछ शक्ति है, जिसे देखते ही दुष्ट भाग खड़े होते हैं और जो सामना भी करते हैं, परास्त हो जाते हैं। मैं शहर-शहर घूमती हूँ और असहाय स्त्रियों की सहायता करती हूँ, यही मेरी कहानी है।

''अच्छा बेटी, अब शायद तुम्हारा घर पास आ गया होगा, तुम चली जाओ। पर इस नीच माँ का जिक्र किसी से मत करना। अपने कलुषित अतीत की छाया मैं तुम पर नहीं पड़ने दूँगी। मैं तो उसी दिन मर गयी थी, जिस दिन मैंने तुम्हारा सौदा किया था।'' दुर्गा ने रोते-रोते उनके गले में बाहें डालकर कहा, ''माँ मुझे क्षमा करना। तुम्हारे प्रति अब तक मैं घृणा ही पाले थी। आज उस घृणा का अन्त होकर एक ममतामयी माँ का स्वरूप मेरे हृदय में बस गया है। गलती इन्सान से होती है। अगर उसका प्रायश्चित्त कर लिया जाये तो जीवन सुधर जाता है। माँ, तुम्हारे हाथ से खून बह रहा है चलो अन्दर मैं पट्टी बाँध दूँ।''

संन्यासिनी फीकी मुस्कराहट से बोली, ''बेटी, अब मैं मोह-माया से परे हो गयी हूँ। अब मेरी एक नहीं, लाखों बेटियाँ हैं। उनकी रक्षा करना ही मेरा ध्येय रह गया है। अब यह काला खून जितना निकल जाये, अच्छा रहेगा।'' दुर्गा बोली, ''माँ, अब यह खून काला नहीं, लाल रंग का बन चुका है। इसी खून की ताकत से तुम दुष्टों का संहार करोगी।''

संन्यासिनी ने भरी आँखों से दुर्गा को निहारते हुए कहा, ''प्रकृति कितनी कृपालु है। मेरे जुर्मों का फल मेरी बेटी को नहीं दिया। बेटी, तुम सदा फूलो-फलो, यही मेरी कामना है।'' यह कहकर आँसू पोंछती हुई वह त्रिशूलधारिणी संन्यासिनी अन्धकार में विलीन हो गयी।

सबसे बड़ा सुख

अपनी आलीशान कोठी के ऊपर की मंजिल की खिड़की पर खड़ी कमला की आँखों से अविरल आँसू बह रहे थे। वह अपने अश्रुपूरित नेत्रों से बार-बार फाटक को निहार रही थी, जहाँ से उनका पोता राजू रोता, बिलखता हॉस्टल भेजा गया था।

बच्चे की चीखें अभी तक उनके कानों में गूँज रही थीं। माँ की रौबीली फटकार तथा पिता का निर्विकार चेहरा देख वह चीखकर बोला था, "अब मैं कभी आपके पास नहीं आऊँगा। बस, होस्टल ही मेरा घर होगा" फिर दादी का आँचल पकड़कर उनसे लिपटकर बोला, "दादी मैं तुम्हें बहुत प्यार करता हूँ, तुम जरूर मेरे पास आओगी, यह मैं जानता हूँ, क्योंकि इस घर में एक तुम ही तो हो, जो मुझे प्यार करती हो। मैं यह भी जानता हूँ कि तुम्हारी भी इस घर में कोई सुनता नहीं है। तुम्हें भी किसी दिन ये लोग घर से निकाल देंगे।"

आठ वर्षीय पोते की बातें उनके अन्तर्मन को उद्वेलित कर रही थीं।

कमला के पति सफल व्यवसायी थे। उन्होंने अपनी मेहनत तथा लगन से अपार सम्पत्ति उपार्जित की थी। उनके केवल एक पुत्र था, ब्रजेश, जिसके लालन-पालन में उन्होंने कोई कमी नहीं की थी। माँ की ममता तथा पिता के प्यार भरे संरक्षण ने ब्रजेश को भी एक सफल व्यवसायी बना दिया था। उसकी पत्नी एक कर्नल की बेटी थी, जिसकी रग-रग में पिता का दबंग स्वभाव तथा अनुशासन समाया हुआ था। अनुशासन ने उसके ममत्व को भी धराशायी कर दिया था।

पति के न रहने पर कमला ने अपने पोते राजू पर अपना समस्त प्यार उड़ेल दिया था। अब उसी को अपने से अलग क़रवाते देख उनका मन चीत्कार कर उठा था। बहू के वे शब्द, जो उसने ब्रजेश तथा नौकरों के सामने कहे थे, काँटे के समान उन्हें चुभ रहे थे। जिस पोते के प्यार में डूबकर वह पति का गम भी भूल गयी थीं, उसी के प्रति ये शब्द सुनने पड़े, "यहाँ आपके लाड़-प्यार ने इसे बिगाड़ दिया है। इसके चरित्र निर्माण के लिए हॉस्टल ही उचित स्थान है, यहाँ रहकर कुछ बन नहीं पाएगा।"

उनका मन तो हुआ कि कह दें, इतना बड़ा व्यवसाय मेरे बेटे ने सँभाला हुआ

है, वह सब कुछ इसी घर की चारदीवारी में रहकर ही सीखा है, पर वह जानती थीं कि तब बहू नौकरों के सामने उन्हें जलील करने में देर नहीं करेगी और उनका बेटा मूकदर्शक ही बना रहेगा।

राजू के कुछ खिलौने तथा कपड़े, जो छूट गये थे, उनको उन्होंने अपनी कीमती चीजों के संग रख दिया। सोचा, अब तो राजू की इन्हीं चीजों को देख-देखकर वह अतीत के उन्हीं आनन्ददायक क्षणों में पहुँच जायेंगी, जब राजू उनसे लिपटकर अपनी नन्हीं बाँहें उनके गले में डालकर कहता था, ''दादी, परी वाली कहानी सुनाओ न।''

नौकर खाना खाने के लिए बुलाने आया, पर क्या उनके गले के नीचे कौर उतरता? उन्होंने मना कर दिया। बहू की तीखी आवाज सुनायी पड़ी, "राजू इन्हीं का तो था, हमारा तो कोई लगता नहीं था। देखें, कितने दिन भूख हड़ताल चलाती है," बेटे ने ऐसा मौन साधा कि लगा, वह गूँगा हो।

राजू को गये चार दिन बीत गये थे। उन्होंने खाने के कमरे में पैर नहीं रखा था। वहाँ पहुँचकर राजू की खाली कुर्सी देख क्या वह अपनी रुलाई पर काबू पा सकेंगी? दोनों समय खाना कमरे में ही मँगवा लेती थीं। एक प्रकार से उन्होंने अपने को कमरे में कैद कर लिया था। जिस घर में राजू की खिलखिलाहट सुनायी पड़ती थी, वहाँ अब वीरानी-सी फैली थी। बेटा-बहू दोनों ऑफिस चले जाते थे। अब तो घर की दीवारें ही उनके संगी-साथी रह गये थे।

इधर राजू के जाने के बाद से घर में चुप्पी छाई थी। ऐसा लगता था, इस शान्ति के बाद कुछ 'अनहोनी' होने वाली है।

एक दिन वह बाहर निकलीं। उनकी आँखें फाटक पर अटक गयीं। अभी वह अपने को सन्तुलित करने की कोशिश कर ही रही थीं कि बहू की आवाज सुनायी पड़ी, "न भई, मैं उनसे यह कहने नहीं जाऊँगी। वैसे भी मेरी कोई बात उन्हें अच्छी नहीं लगती। तुम्हीं चहेते हो...हमने जो तय किया है, कह दो। मैं तो उनकी नजरों में विष की डली हूँ।"

वह समझ न सकीं कि बेटा-बहू किस विषय पर वार्तालाप कर रहे हैं, पर सोचा, एक-दो दिन में पता तो चल ही जायेगा।

दूसरे दिन बेटा उनके कमरे में आया। उन्हें लगा कि उन्हें दुखी देख शायद वह राजू को लेने जा रहा है और यही खुशखबरी सुनाने आया है।

ब्रजेश ने उनसे आँखें चुराते हुए कहा, "माँ, मैं देख रहा हूँ कि राजू के जाने के बाद से तुम बहुत अकेलापन महसूस कर रही हो। तुम्हारी बहू और मैं ऑफिस चले जाते हैं। इधर मेरा बाहर जाने का कार्यक्रम बहुत बढ़ गया है। तुम्हारी बहू भी

व्यवसाय में मेरी बहुत सहायता करती है। कभी-कभी तो हम दोनों को ही बाहर जाना पड़ सकता है, ऐसे में तुम्हारी देखभाल करने वाला कोई नहीं रहेगा।

"हम दोनों ने सोचा है कि तुम्हें 'वृद्ध आश्रम' में भेज दें...वहाँ तुम्हारी देखभाल भी हो जायेगी और मन भी लग जायेगा। तुम्हारी सुख-सुविधा का सभी प्रबन्ध हम कर देंगे। पैसे की कोई चिन्ता नहीं है," फिर खिसियानी हँसी हँसते हुए बोला, "हम दोनों तो देख-रेख के लिए तुम्हारे मैनेजर हैं।"

वह अवाक् पागलों के समान बेटे का मुँह ताकती रहीं। थोड़ी देर के लिए उन्हें लगा कि शरीर का खून किसी ने खींच लिया है, पर जल्दी ही उनका आत्माभिमान जाग उठा।

उन्होंने गर्दन उठाकर कहा, "ठीक है, बेटा, तुम दोनों ने ठीक ही सोचा होगा। वैसे भी इस घर को मेरी कोई आवश्यकता नहीं रह गयी है," अपमान से दुखी पलकों के ऊपर विवशता के जल की बूँदें टपक पड़ीं।

थोड़ी देर बाद ब्रजेश बोला, "इसी शहर में यह आश्रम खुला है। यहाँ सुख-सुविधा का सब इन्तजाम है। बड़े-बड़े लोग इसे मन लगाने का स्थान समझकर रह रहे हैं। वैसे भी जब तुम्हारा मन न लगे तो घर तो है ही...तुम चली आना।"

पोते के चलते समय के शब्द उन्हें याद आने लगे। उसने कैसे विश्वास से कहा था, ''दादी, आज माता-पिता मुझे घर से निकाल कर होस्टल भेज रहे हैं, किसी दिन ये तुम्हें भी घर से निकाल देंगे।''

पोते की भविष्यवाणी सचमुच सत्य साबित हो गयी थी।

उन्होंने अभिमान से गर्दन उठाकर कहा, "मैं तैयार हूँ। तुमने सभी इन्तजाम पहले से कर लिया होगा...वैसे भी यहाँ रुकने की तुक नहीं है। मैं भी चाहती हूँ कि अपनी जिम्मेदारी से तुम दोनों को मुक्त कर दूँ।"

ब्रजेश माँ से आँखें न मिला सका। चलते-चलते बोला, "इतनी जल्दी भी क्या है। दो-चार दिन बाद चली जाना।"

कमला ने कहा, "मैं दो घण्टे बाद चली जाऊँगी...ड्राइवर को स्थान बता देना।"

लगभग साठ सालों तक सुख की शय्या पर सोयी उनकी काया ने काँटों की चुभन का अनुभव नहीं किया था। जीवन के दो पहलू भी होते हैं, यह अब उन्होंने जाना। अपने खून से सींची औलाद भी परायी हो सकती है, यह भी आज ही उन्हें पता चला। उनके अन्तःकरण से आवाज आयी, ''मैं तो मन से स्वस्थ तथा धन से परिपूर्ण होते हुए भी इतनी-सी चोट से घबरा उठी हूँ, पर उन वृद्धों की मनःस्थिति क्या होती होगी, जो तन, मन तथा धन—तीनों से वंचित हैं।'' अब उन्हें अपना दुःख नगण्य लगा। एक अदम्य उत्साह तथा विश्वास से उन्होंने अपना पथ चुन लिया था।

चेक बुक और अपना जरूरी सामान उन्होंने सूटकेस में रख लिया और बिना बेटा-बहू की तरफ देखे गाड़ी में बैठ गयीं।

वृद्ध आश्रम शहर से दूर एकान्त स्थान पर था। चारों तरफ हरियाली से घिरा वह भवन मन को शान्ति देने वाला था। अन्दर जाकर उन्होंने देखा कि जीवन की सभी आवश्यकताओं का सामान वहाँ उपलब्ध है। जिसने भी उसे बनवाया था, बहुत सोच-विचारकर ही बनवाया था। चूँकि अभी वह नया ही बना था, इसी कारण दस-बारह ही स्त्री-पुरुष वहाँ थे। सभी वृद्धों के चेहरों पर अपने अतीत की छाया मँडरा रही थी।

कमला ने मुस्कराते हुए सबसे अभिवादन किया। उन्हें प्रफुल्लित तथा मुस्कराते देख सभी चकित रह गये। सभी वृद्ध समृद्ध परिवारों के सदस्य थे। पैसे की उनके पास कमी न थी, पर अपमान की वेदना सहते-सहते वे टूट चुके थे।

कमला उनके पास बैठकर बोलीं, "देखिये, अगर मैं कुछ कहूँ और उससे आपको पीड़ा पहुँचे तो इसके लिए मैं क्षमा चाहती हूँ। मैं इसी शहर के सफल व्यवसायी प्रताप सिंह की पत्नी कमला हूँ। आठ साल पहले मेरे पति की मृत्यु हो चुकी है। मैं अपने बेटे ब्रजेश के साथ रहती हूँ। आप सबके समान मुझे भी घर का फालतू प्राणी समझकर यहाँ भेज दिया गया है।

"थोड़ी देर के लिए मैं भी बहुत मायूस हो गयी थी पर जब मैंने सोचा कि मेरे पास तो धन और स्वास्थ्य दोनों ही हैं, पर उन वृद्धों की मनःस्थिति क्या होती होगी जो तन, मन और धन—तीनों से वंचित होंगे, तो यह महसूस करते ही मुझमें एक अदम्य उत्साह जागृत हो गया। फिर मुझे वह अपमान, अपमान न लगकर 'वरदान' लगा। हम सबको प्रकृति के प्रति कृतज्ञता प्रकट करनी चाहिए कि कुछ तो हमारे पास है जिसका उपयोग हम कर सकते हैं।

हमें यह नहीं दिखाना है कि हम टूट चुके हैं। जीवन में यही समय है जब हम खाली हैं और कुछ सत्कार्य करने में सक्षम हैं। आप सबके पास दौलत की कमी नहीं है। यह सभी दौलत आपने अपने पुरुषार्थ से संचित की है। इसे उपयोग में लाने का आपको पूरा हक है। अपने बच्चों के लिए तो सभी करते हैं पर किसी ने जीवन के अन्तिम पड़ाव पर खड़े उन वृद्धों के बारे सोचा है, जो तिल-तिलकर मर रहे हैं? चूँकि उनके पास पैसा नहीं है, इस कारण उनकी जिन्दगी कुत्तों से बदतर हो गयी है। अपना ही खून सफेद हो गया है। क्या हम उनके लिए कुछ नहीं कर सकते?

अगर हमने एक दुखी को अन्त समय शान्ति तथा सुख दिया तो इससे बड़ा नेक कार्य और क्या हो सकता है? देने से बढ़कर और कोई सुख नहीं है। मैंने अपने बेटे को इस योग्य बना दिया है कि वह स्वयं कमा सकता है। मैं अपनी समस्त

सम्पत्ति उन वृद्धों पर खर्च करूँगी जो इस वृद्ध आश्रम में पैसे के कारण नहीं आ सकते। हम उनसे वही कार्य करवायेंगे, जिनमें उनकी रुचि होगी, ताकि वे अपने को दूसरों पर आश्रित समझकर हीनभावना से ग्रसित न होने पायें। हम अपने पैसे से दुत्कारे हुए वृद्धों को नवजीवन दे सकें तो इससे क्या सबको सन्तोष तथा प्रसन्नता नहीं होगी।

उन वृद्धों के पोपले मुखों पर सन्तुष्टि की एक सीमित रेखा-सी खिंच गयी। पूरा हॉल तालियों तथा कहकहों से गूँज उठा। हर वृद्ध का चेहरा खुशी से दमक रहा था। अब तक खाली बैठे-बैठे उनकी आँखों के आगे अतीत चलचित्र की भाँति कौंध जाता था, जब उन्हें फालतू प्राणी समझकर उनकी उपेक्षा की जाती थी। पर अब उन्हें अपने अस्तित्व की शक्ति का भान हुआ था।

सभी बारी-बारी से बोल उठे कि हमारी बड़ी-बड़ी कोठियाँ हैं, उन्हें हम वृद्धों का निवास स्थान बना देंगे। वहाँ ऊँच-नीच व जात-पात का भेदभाव नहीं रहेगा।

कमला की आँखें नम हो गयी। उन्हें लगा, जो हम सफर इतने पास आ जाते हैं, उन्हें फिर एक दूसरे को अपनी बात समझानी नहीं पड़ती। उनकी आंतरिक अनुभूति ही वाणी समान मुखर हो उठती है,'' सभी वृद्धों की आँखें विजय गर्व से चमक रही थीं।

दूसरे दिन कमला ने सभी वृद्धों से अपने पोते की भविष्यवाणी के बारे में बताया और यह भी कहा कि वह उसकी पसन्द की चीजें लेकर अक्सर उससे मिलने जाया करेंगी।

इतवार के दिन उन्होंने राजू की पसन्द की ढेर सारी चीजें खरीदीं, ताकि वह अपने दोस्तों को भी दे सके। हॉस्टल पहुँचते ही राजू उनसे लिपटकर बोला, "दादी, मैं जानता था कि तुम जरूर मुझसे मिलने आओगी," उसने अपने दोस्तों से कहा कि यही मेरी प्यारी दादी है। कमला ने सभी सामान बच्चों में बाँटा और कई घण्टे उनके साथ व्यतीत कर यह कहकर लौट पड़ीं कि यहाँ आती रहेंगी।

राजू ने पूछा, "घर सब ठीक है न?"

उन्होंने मुस्कराते हुए कहा, "मैं घर नहीं रहती। एक वृद्ध आश्रम है, वहीं पर रहती हूँ।"

राजू चीखकर बोला, "मैं समझ गया हूँ, उन्होंने तुम्हें भी निकाल दिया है।"

हँसते हुए उन्होंने उत्तर दिया, "राजू, वहाँ तेरे बिना मेरा मन भी तो नहीं लगता था। इस कारण भी तेरे माता-पिता ने मुझे आश्रम भेज दिया।"

"मैं सब समझता हूँ। वे हम दोनों को प्यार नहीं करते, इसी कारण घर से निकाल दिया है।"

उन्होंने प्यार से राजू के माथे को चूमते हुए कहा, "बेटे, माता-पिता के लिए ऐसी बातें नहीं सोचनी चाहिए। वे जो कुछ भी कर रहे हैं, तुम्हारे भविष्य को उज्ज्वल बनाने के लिए ही कर रहे हैं। हॉस्टल में बच्चों के संग तुम्हारा मन लग जायेगा, इसलिए तुम्हें यहाँ भेजा है।"

राजू ने अविश्वास से दादी की तरफ देखकर कहा, "तुम कहती हो तो मान लेता हूँ," फिर मासूमियत से बोला, "दादी, अपने घर में कब ले चलोगी?"

कमला की आँखों में आँसू तैर आये, जिन्हें उन्होंने बड़े कौशल से पीकर कहा, "बेटे, हमारे घर में सभी बूढ़े लोग हैं...वहाँ तुम्हारा मन नहीं लगेगा। हम ही तुम्हारे पास आते रहेंगे।"

वृद्ध आश्रम' लौटने पर काफी देर तक उनका मन उदास रहा। फिर उनके भीतर से आवाज आयी, 'तुझे भावुकता में बहकर अपने ध्येय को नहीं भूलना। तेरा लक्ष्य तेरे सामने है। इस समय बीस हाथ तेरी सहायता के लिए तैयार हैं। ये हाथ दिनों-दिन बढ़ते ही जायेंगे। सफलता तुझे पुकार-पुकारकर कह रही है, आगे बढ़ती जा,' यह सोचते ही अदम्य उत्साह से वह उठ खड़ी हुई।

दूसरे दिन कमला ने वृद्धों से कहा, "आप लोगों के पास जो भी कोठियाँ हैं, अगर आप खुशी-खुशी उन्हें वृद्ध आश्रम बनाने के लिए दे सकें, तो जो व्यय हम इस वृद्ध आश्रम पर कर रहे हैं, वही हम अपने आश्रम पर खर्च करेंगे। हम सभी मिलकर उन्हें आवश्यक सामान से सुसज्जित कर कई वृद्ध आश्रम बना सकते हैं। मेरे पास जितनी भी सम्पत्ति है, उसे मैं वृद्ध आश्रमों को दे रही हूँ। यह सही है कि इस उम्र में हम थक सकते हैं पर जिस उत्साह से हम कार्य करेंगे, उससे शायद किसी को भी थकावट महसूस नहीं होगी।"

हर वृद्ध ने जिसके पास पैसा था, वह दिया और जिसके पास कोठी भी थी, उसने सहर्ष कोठी तथा पैसा, दोनों ही दिये। जब वृद्धों ने अपनी-अपनी कोठियाँ खाली करवानी शुरू कीं तो रिश्तेदारों के होश उड़ गये। अब उन वृद्धों ने बड़े उत्साह से उनमें आवश्यक सामान तथा नौकरों का बन्दोबस्त करना शुरू कर दिया।

समाचार-पत्रों में इन वृद्ध आश्रमों की प्रशंसा में कॉलम भर गये। ऐसे नेक काम की तो लोगों ने कल्पना भी न की थी। मध्यवर्गीय परिवार के वृद्धों को प्राथमिकता मिली। हर वृद्ध आश्रम का ट्रस्ट बनाया गया ताकि जिन्होंने पैसा दिया है, उनकी मृत्यु के बाद भी वे सुचारु रूप से चलते रहें।

वृद्धों के पोपले मुखों पर रौनक आने लगी। समाज के जो संभ्रान्त परिवार थे, वहाँ एक अनोखा परिवर्तन आया। परिवार की युवा पीढ़ी जहाँ सतर्क हुई, वहीं वृद्धों के प्रति उनके व्यवहार में भी परिवर्तन आया और उनकी पूरी देखभाल होने लगी।

कमला तथा अन्य वृद्धों की, जिन्होंने इन आश्रमों को बनवाने में अपना पूरा सहयोग दिया था, देखा-देखी बहुत से रईसों ने अपना पैसा तथा सहयोग देना शुरू कर दिया, क्योंकि वे स्वजनों के व्यवहार परिवर्तन के इस छलावे को समझ चुके थे और किसी-न-किसी रूप में इन वृद्ध आश्रमों से सम्पर्क बनाने की चेष्टा में लग गये थे। एक तरफ वाहवाही की चाह थी, तो दूसरी ओर परोपकार की भावना जोर मार रही थी। हृदय के किसी कोने में प्रतिकार भी था।

कमला वृद्ध आश्रम के एक कक्ष में बैठी विचारों में मगन थीं। उनके चेहरे पर वेदना और शान्ति के भावों का अनोखा मिश्रण झलक रहा था। अब उन्होंने जाना कि काँटों की शय्या पर सोया प्राणी ही कुछ करने की क्षमता रखता है। जिस सत्कार्य को करने का उन्होंने बीड़ा उठाया था, उसको प्रेरणा देने वाला उनके बेटे-बहू का व्यवहार ही तो था।

कमला ने महसूस किया कि देने से बड़ा सुख और कोई नहीं है। दूसरों को सहायता तथा सुख पहुँचाकर अपने हृदय को कितनी शान्ति और सुकून मिलता है। उन्होंने जीवन का सबसे बड़ा सुख पा लिया था।

एक कहानी का करुण अन्त

नाम की वह वेश्या थी, पर तन की, मन की नहीं। नाम था उसका चम्पा। नाम के अनुरूप उसका रंग था। चम्पई रंग में उसका रूप चमक उठता था। रूप की ही नहीं, बल्कि संगीत की भी वह रानी थी। रूप और संगीत का ऐसा समन्वय विरला ही देखने को मिलता है। उसका गाना सुनने, और उसके रूप का रसपान करने वालों की भीड़ उमड़ी रहती थी, पर आश्चर्य तो तब होता था कि उसका कड़ा हुक्म—कि कोई उसके कोठे पर रात ग्यारह बजे के बाद पैर नहीं रखेगा। जबकि उसी समय ग्राहकों की भीड़ शुरू होती है और वातावरण गरमाहट।

पैसे की चम्पा को कमी नहीं थी। उस पर तो पैसे बरसाकर लोग अपना अहोभाग्य समझते थे। चम्पा के नज़दीकी मित्र ही केवल जानते थे, कि ग्यारह बजे के बाद की पाबन्दी उसने क्यों लगायी थी। चम्पा का विचार था कि रात ग्यारह बजे के बाद हर पत्नी अपनी दिनचर्या निपटाकर, अरमान सँजोये, पति के पास आती है, और उस समय उसका पति कोठे पर आता है, तो वह कितनी दुःखी होती है, और उसके दिल से बद्दुआ निकलती है, पर यदि उसका पति जल्दी लौट आता है, तो पत्नी की आत्मा प्रसन्न होकर दुआएँ देती है।

एक बात का वह और भी पता लगवाती रहती थी कि कौन-सा पति उसके कोठे के बाद घर न जाकर दूसरे कोठों पर जाता है, तो वह उस शख़्स को दिल से माफ़ नहीं करती, और उसे अपने कोठे पर दूसरी बार पैर नहीं रखने देती थी। इसलिए जो लोग उसका गाना सुनने तथा उसके रूप का रसपान करना चाहते थे, वे ऐसी गलती कभी नहीं करते थे, और उसके चहेते बने रहते थे। जब ये पति, चम्पा का ऐलान अपनी पत्नियों को सुनाते तो पत्नियों के दिल से चम्पा के लिए दुआएँ निकलतीं और वे खुशी-खुशी उन्हें चम्पा के कोठे पर भेजतीं। पति भी चम्पा के प्रिय बने रहते, और पत्नी को खुश देखकर उनका गृहस्थ जीवन भी खुशहाल रहता।

लोगों का विचार था कि शायद चम्पा किसी गरीब की पत्नी थी, पति

वेश्यागामी और शराबी था। उस समय भी उसका रूप कम नहीं था पर पति की नज़रों में वह खोटा सिक्का थी। वह इस खोटे सिक्के को चलाना चाहता था, और इसमें कामयाब भी हो गया, जब उसके दोस्तों ने उस खोटे सिक्के को चाँदी के सिक्कों में बदलने की सलाह दी। दोस्त ने अपनी जेब से पैसे खर्च कर गहने कपड़ों से उसे सजाकर एक रईस के सामने परोस दिया। वह बेचारी उन राक्षसों से कैसे स्वयं को बचा पाती, और वह उसे लूट के चले गये। उसने देखा कि रोज़ ही उसे बेचने की साज़िश हो रही है, जब उसने व्यवसाय समझकर अपना लिया, और एक रात पति को झाँसा देकर घर से निकल भागी। वह जानती थी कि उसका पति उसे ढूँढ़ने की पूरी कोशिश करेगा, अतः वह भागी-भागी स्टेशन पहुँची और बिना सोचे रेलगाड़ी में बैठ गयी। पैसे की उसके पास कमी नहीं थी, घर से जेवर तथा नकद वह लेकर आयी थी।

जिस स्टेशन पर वह उतरी, वह बड़ा स्टेशन था। अपने व्यवसाय के लिए वही उसे उचित लगा। टैक्सी लेकर एक शानदार होटल में पहुँची। शाम को अपने रूप को प्रसाधनों से दुगुना कर वह होटल के हॉल में बैठी गयी, जहाँ बड़ी-बड़ी हस्तियाँ बैठी थीं। उस अप्रतिम रूप को देख सभी की आँखें चुँधिया उठीं और यह तो सभी समझ रहे थे कि पैसे के जोर से वह इस अप्रतिम रूप को खरीद सकते हैं। बस एक-से-एक ऊँची बोली लगने लगी। हीरे, मोतियों और रुपयों से वह लद गयी। उसने फिर एक शानदार कोठी खरीदकर अपना अड्डा जमाया। नाम रखा चम्पा। यही उसकी कहानी थी, जो केवल उसके विश्वस्त दोस्त को ही मालूम थी।

इधर उसका पति पागलों के समान उसे ढूँढ़ता रहा, और एक दिन पता लगाते-लगाते वह उस शहर में पहुँच गया। चम्पा के रूप की शोहरत सुन वह समझ गया कि हो-न-हो, यह उसकी पत्नी नन्दा ही है। वह चम्पा के कोठे में घुसने लगा, उसकी फटी हालत देख पहरेदारों ने उसे धक्के मारकर बाहर कर दिया। वह चीखता रहा कि चम्पा उसकी पत्नी है। सभी उसे पागल समझकर, उसकी हँसी उड़ाने लगे। चम्पा समझ गयी कि उसका पति उसे परेशान करेगा, उससे बचने के लिए एक तरकीब सूझी। उसने सोचा, जब सभी उसे पागल समझ रहे हैं, तो सचमुच उसे पागलखाने क्यों न भेज दिया जाये। वह चीखता रहा कि मैं पागल नहीं हूँ, पर किसी ने उसकी एक न सुनी। चम्पा ने थाने में यह रिपोर्ट दर्ज कराई कि यह पागल उसकी जान लेना चाहता है और इस पर पूरी निगरानी रखी जाये। चम्पा जैसी नामी हस्ती की बात अधिकारी कैसे नहीं मानते? चम्पा के सभी कृपापात्र बनना चाहते थे। इतनी चौकसी पर भी एक दिन चम्पा का पति पागलखाने से भाग निकला, अब वह चम्पा का पक्का शत्रु बन गया था। उसे लगा कि जिस रूप की बदौलत वह इतनी शोहरत बटोर रही है, क्यों न तेजाब डालकर उसे इतना कुरूप

बना दूँ कि लोग उसकी तरफ थूकें भी न। उसने तेज़ाब की एक बोतल खरीद ली और अवसर की ताक में रहने लगा।

अपने पति के पागलखाने से भागने की खबर चम्पा को मिल गयी थी। वह समझ गयी कि उसका पति उसे छोड़ेगा नहीं। वह उससे बदला लेने का प्रयास कर रहा होगा, अतः वह भी सतर्क रहने लगी, और एक दिन पुलिस ने उसे धर दबोचा। अपने को पुलिस से बचाने के चक्कर में तेज़ाब की बोतल उसके ऊपर उलट गयी। उसकी करुण आवाज़ चारों तरफ गूँज उठी। चम्पा ने सुना तो उसके मुँह से निकला—जैसी करनी वैसी भरनी। मनुष्य को अपने कर्मों का फल ऐसे ही मिलता है।

चम्पा का पति मरा तो नहीं, पर अपंग होकर भीख माँगने लगा। उसकी यह हालत देख लोग उस पर हँसने लगे। लोग एक दूसरे से कहते, यह बेवकूफ पंगा भी लेने चला, तो चम्पा जैसी हस्ती से।

पति से निश्चिन्त हो, चम्पा अपनी संगीत-साधना में जुट गयी। एक दिन रात के बारह बजे वह एक करुण गीत गा रही थी, गाना भगवान से अपनी गलतियों की माफी माँगने पर था, जिसे वह बड़ी तन्मयता से गा रही थी और फिर यह सिलसिला चलता रहा। गाने के समय उसका आदेश था, कि व्यवधान न डाले। सभी पहरेदार सतर्क रहते थे।

एक रात एक साधु ने पहरेदारों से कहा, कि वह चम्पा से मिलना चाहता है। साधु के तेजस्वी चेहरे से पहरेदार जैसे उसके गुलाम हो गये, खासकर उसकी आँखों के कारण। उस साधु की आँखों में ऐसा हुक्म का भाव था, जिसे टालना नामुमकिन था। पहरेदारों ने उसे हाथ जोड़ा, और चम्पा के पास जाकर कहा कि एक साधु ज़िद किये बैठा है कि वह आपसे मिले बिना नहीं जायेगा, चाहे उसे जीवन भर बैठना पड़े। चम्पा को गुस्सा आ गया, वह बोली, उस ढोंगी साधु को निकाल बाहर करो। पहरेदार बोले, एक बार यदि आप उसकी शक्ल देख लेंगी, तो ये शब्द नहीं कहेंगी। ऐसी चमकती आँखें, और ऐसा कान्तिवाला चेहरा, आपने पहले कभी नहीं देखा होगा।

चम्पा ने सोचा, अब ये लोग इतनी तारीफ कर रहे हैं, तो देखने में हर्ज ही क्या है? रात के कपड़ों में ही चम्पा चल पड़ी। उन पारदर्शी कपड़ों में उसका तराशा शरीर, सुन्दरता को दूनी कर रहा था। अभिमानवश उसने सोचा, इस रूप को देख बड़े-बड़े नतमस्तक हो जाते हैं, तो फिर भला इसकी क्या बिसात। गर्व से चलती चम्पा साधु के सामने पहुँच गयी। साधु ने उपेक्षा से उसकी ओर देखते हुए कहा, चम्पा, तुमने अपने रूप से हज़ारों को धराशायी किया होगा, पर इस साधु को तुम नहीं डिगा पाओगी। इस रूप के सिवा तुम्हारे पास है ही क्या? जिस दिन यह रूप

ढलेगा, तुम्हें कोई पूछने नहीं आयेगा। उसके बाद साधु ने इतनी सारगर्मित बातें कीं, कि चम्पा उनकी योग्यता की कायल हो गयी। उसने सोचा, क्यों न वो साधु को अपने पास रख कुछ ज्ञान की बातें सीखे। वास्तव में उसके पास है ही क्या, जो वृद्धावस्था में शान्ति प्रदान करेगा?

उसने हाथ जोड़ साधु से कहा, महाराज, आप मेरे पास रहकर मुझे भी ज्ञान का पाठ पढ़ायें, तो बड़ी कृपा होगी। वृद्धावस्था में यही ज्ञान मुझे शान्ति प्रदान करेगा। साधु ने तिरस्कार से उसकी ओर देखकर कहा, मैं कोई स्कूल मास्टर तो हूँ नहीं, जो तुम्हें ज्ञान का पाठ पढ़ाऊँ। मैं तो चलता-फिरता घूमता रहता हूँ, किसी जगह रुकना हम साधुओं का काम नहीं है। रहा ज्ञान का पाठ, तो रास्ते में जहाँ भी ठहरते हैं, वहाँ रहने वालों को जो सुनाना होता है, सुनाकर आगे बढ़ जाते हैं। पर तुम जैसी स्त्री के लिए कष्ट सहना कठिन होगा। चम्पा ने कहा—यह ठीक है, पर आप कृपया कुछ दिन यहाँ रुक जायें, तो बड़ी कृपा होगी। साधु ने कुछ सोचते हुए कहा कि चम्पा तुम इतना कह रही हो, तो मुझे अपने सिद्धान्तों को तोड़ना होगा। तुम्हें ज्ञान की शिक्षा देने के लिए मैं इसलिए तैयार हुआ हूँ, क्योंकि तुममें कुछ सीखने की ललक है। ऐसे ऐश्वर्यपूर्ण जीवन के बीच समय निकालना मुश्किल होता है।

साधु को रहने के लिए चम्पा ने एक शानदार कमरा दिया। पूजा की सारी सामग्री उस कमरे में रखवा दी गयी। उसने आदेश दिया कि साधु के बिना बुलाये, कमरे में कोई नहीं जायेगा। नौकर-चाकर सभी साधू से प्रभावित थे, अतः वे हर घड़ी उनका ख्याल रखते थे।

चम्पा दिन-रात साधु के साथ रहती और उनकी हर आज्ञा का पालन करती। एक रात चम्पा ने अपना शरीर साधु को सौंप दिया, न जाने कौन-सी शक्ति थी, जो उसे ऐसा करने को बाध्य कर रही थी। वह तो ज्ञान का पाठ पढ़ने आयी थी, साधु ने उसे काम का पाठ पढ़ा डाला। होश में आने पर उसे मन हुआ, कि न जाने किस शक्ति के अभिभूत हो, उसने ऐसा कर डाला। साधु से उसने ज्ञान के साथ बहुत कुछ सीख लिया। दिनोंदिन उसने ऐसी बातें भी साधु से सीखीं, जो आम आदमी से परे थीं। अब उसे सब कुछ छोड़ साधु से बातें करने में रस आता। साधु भी उसे ज्ञानवर्धक बातें सुनाता। धीरे-धीरे उसने संगीत की आराधना छोड़ चम्पा धर्म की बातें सुनने में समय व्यतीत करने लगी। बाहर की दुनिया धीरे-धीरे उससे छूटने लगी, और एक समय ऐसा आया, जब उसने अपना व्यवसाय एकदम छोड़ दिया। संन्यासिनी-सा जीवन व्यतीत करने लगी वह।

उधर साधु,चम्पा को मोह-माया से दूर कर, अपना मतलब साधने लगा। वह जानता था कि चम्पा के पास करोड़ों की सम्पत्ति है। हीरे-मोतियों का ढेर है। साधु

ऐसी तरकीब से उसका सब कुछ ऐंठ लेना चाहता था कि वो स्वेच्छा से सब कुछ उसे पकड़ा दे। साधु सम्मोहन विद्या भी जानता था जिसका वह समय-समय पर इस्तेमाल भी किया करता था। जो उसकी आँखों में झाँक लेता, वह उसी के कहने पर चलता। अपने सुदर्शन शरीर का भी इसमें योगदान था।

एक दिन ऐसा आया, जब अपनी सारी सम्पत्ति चम्पा ने उस साधु को सौंप दी। इसमें बहुत कुछ योग उसकी आँखों का था। जब पक्की लिखा-पढ़ी हो गयी, तो अपना असली रूप साधु ने चम्पा को दिखाया। उसने चम्पा के लिए एक झोंपड़ी बनवाकर उसे उसमें रहने को बाध्य किया। अब चम्पा उसकी आँखों से दूर हो चुकी थी।

जब तक उसे इसका एहसास हुआ, अपनी बेवकूफी पर उसे बहुत रोना आया, पर तब तक उसकी पूरी सम्पत्ति साधू, कानूनन अपने नाम करा चुका था। अब न उसके पास रूप था और न सम्पत्ति। जिस संगीत पर लोग मुग्ध होते थे, वह गला अपना जादू अब खो चुका था। उसे लगा, शायद पति को पागलखाने भेजने से निकली आह ही उसकी इस हालत का कारण है। साधु ने सबसे कहा कि चम्पा पागल हो गयी है, अपना सब कुछ छोड़ संयासिनी हो गयी है। भगवान की आराधना में जीवन व्यतीत करना चाहती है।

एक दिन ऐसा आया, जब चम्पा को भीख माँगने की नौबत आ गयी। संगीत और रूप के चमकते सितारे का ऐसा करुण अन्त होगा, ऐसा कोई कल्पना भी नहीं कर सकता था।

बुरे कर्मों का बुरा नतीजा

पूनम की चाँदनी छिटकी हुई थी। अपने घर की छत पर खड़ी एक नवयुवती, धवल साड़ी पहने, हाथों में सुहाग कीं चूड़ियाँ नहीं, माथा सौभाग्य बिन्दी रहित, सूनी माँग और सूनी आँखें, जिसकी किसी समय, किसी को भी मोहने की अपूर्व क्षमता थी, आज निस्तेज खड़ी थी। यह सब होते हुए भी। वह एक अपूर्व सुन्दरी थी। जो एक बार उसे देख लेता, आँखें झपकाना भूल जाता। यह थी—ठाकुर परिवार की छोटी बहू सुनीता, जो असमय विधवा हो गयी थी। भगवान ने शायद मुक्त हस्त से उसे सौन्दर्य प्रदान किया था, पर भाग्य देने में वे कृपण हो गये थे। अप्रतिम सौन्दर्य को खोटे सिक्के-सा कोने में फेंक दिया गया था। उसे अभागिन कहा जाता था, पर उसका सौन्दर्य आज उसका शत्रु था। हर कोई भूखी नज़रों से उसकी ओर देखता था, पर, उसके चेहरे का तेज़ देख कोई हिम्मत नहीं कर पाता था। वह सोचती थी। कि कब तक अपने को इनसे बचा पायेगी। भगवान ही उसका सहारा थे, पर यदि भगवान का सहारा होता, तो उसे वैधव्य का दुःख ही क्यूँ मिलता।

पति की मृत्यु को अभी अधिक दिन नहीं बीते थे, कि घर वालों ने सभी नौकर हटाकर उसे घर के कामों में लगा दिया। सभी स्त्रियाँ डरती थीं कि उनके पति कभी भी इस अतुलनीय रूप पर झपट्टा मार सकते हैं। ठाकुरों में यह आम बात मानी जाती थी। सभी स्त्रियाँ एकजुट हो, इस समस्या का हल ढूँढ़ने लगीं, पर उन्हें कुछ समझ में आया नहीं। वे उसे गन्दे से गन्दा और फटा-पुराना कपड़ा देती थीं, पर उसका रूप था कि फटे-पुराने कपड़ों में भी झाँक-झाँककर बाहर आता था। सुनीता समझ गयी थी कि देवर तथा जेठ कभी भी उसे अपना शिकार बना सकते हैं, अतः एक रात वह मौका देख, भगवान का नाम लेकर घर से निकल भागी। अँधेरी रात थी। पानी ज़ोरों से बरस रहा था, और वह भागी जा रही थी। उस नरक कुण्ड में गिरने की अपेक्षा वो मौत की गोद में सोना ज़्यादा पसन्द करती थी। दिन निकलने से पहले, वह घर से दूर निकल जाना चाहती थी। वह जानती थी कि जेठ तथा देवर उसे ढूँढ़ने

में लगे होंगे पर घर की स्त्रियों ने चैन की साँस ली होगी। जेठ-देवर एक दूसरे को दोषी ठहरा रहे थे, क्योंकि सोने की मुर्गी को दोनों ही खो चुके थे।

दिन निकल आया था। सुनीता थककर चूर हो गयी थी। उसके कपड़े और भी चीथड़े हो गये थे। भागने में उसने काँटों की भी परवाह नहीं की थी। पैरों में काँटे धँस गये थे, जिनसे खून बह रहा था। चिन्तामग्न वह पेड़ के नीचे बैठ गयी, उससे कुछ दूरी पर एक गाँव दिख रहा था। प्यास से उसका गला सूख रहा था। किसी तरह गिरती-पड़ती वह उस गाँव तक पहुँची। देखने में वह भिखारिन-सी लग रही थी। उसकी दयनीय दशा देख उसे कुछ खाने तथा पीने को गुड़ का शर्बत दिया गया। लोगों द्वारा पता पूछे जाने पर वह उन्हें अपलक देख रही थी। एक ने कहा शायद मार-पीटकर इसकी सास ने इसे घर से निकाला है, उसने सहमति में सर हिला दिया। गाँव की स्त्रियों ने उस पर तरस खाकर उसे कपड़े दिये और रहने को झोंपड़ा। कई दिनों बाद जब वह कुछ ठीक हुई, तो उसने सोचा कि इन सब पर वह भार बनकर नहीं रहेगी। उसने उन स्त्रियों से कहा, मुझे कुछ काम चाहिए। जब आप सब खेतों पर काम के लिए जाती हैं, तो मैं आपके बच्चों की देखभाल करूँगी। सभी स्त्रियाँ प्रसन्न हो गयीं, क्योंकि बच्चे भूखे रोते रहते थे। वहाँ जानवरों का डर भी रहता था। आये दिन बच्चे बीमार भी हो जाते थे। पर अब ऐसा नहीं था। अब स्त्रियाँ निश्चिन्त होकर काम पर जाती थीं, और बच्चे सुनीता के पास रहते थे। बच्चे भी स्वस्थ दिखने लगे थे, और सुनीता का मन भी लग जाता था।

एक दिन जब वह नहा रही थी, तब गाँव के एक बदनाम युवक शेखर की दृष्टि उस पर पड़ी। उस अतुलनीय रूप को देखकर वह ठगा-सा रह गया, और उसे भोगने को उतावला हो गया। उसने सोचा, पहले वह उससे दोस्ती का हाथ बढ़ायेगा, और सीधी उँगली से घी नहीं निकला, तो वह टेढ़ी उँगली से घी निकालने में पीछे नहीं रहेगा।

दूसरे दिन वह वहाँ पहुँच गया, जहाँ सुनीता बच्चों की देख-रेख कर रही थी। वहाँ पहुँचकर वह बोला, भौजी इतनी धूप में आप बैठी हैं, आपके लिए एक अच्छी नौकरी का इन्तज़ाम मैंने कर रखा है; वहाँ आपको खाना, कपड़ा तथा अच्छी तनख्वाह मिलेगी। यहाँ आपको क्या मिलेगा, दो रोटी। आपको यहाँ देख मुझे तरस आ गया, इसलिए आपसे बिना पूछे मैंने आपके लिए नौकरी का इन्तज़ाम कर दिया।

सुनीता को गुस्सा तो आया, पर अपनी स्थिति को देखते हुए वह बोली, भइया! अभी तो मेरा मन इन बच्चों में लग गया है। जब मन नहीं लगेगा, तब आपसे कह दूँगी। आपने मेरा इतना ख्याल रखा, इसके लिए मैं आपकी आभारी हूँ। अब आप जाइये। शेखर ने सोचा, सुनीता से बात करने का रास्ता तो मिल ही गया है, किसी-न-किसी बहाने अब आता रहूँगा। सुनीता भी समझ गयी, कि शेखर उसे जल्दी

छोड़ेगा नहीं, और किसी-न-किसी बहाने आता रहेगा। बार-बार उसके आने पर वह बदनाम भी हो सकती है। चिन्ता के कारण रात भर उसे नींद नहीं आयी। सुबह उठी तो रात्रि जागरण के चिह्न उसके चेहरे पर थे, और शरीर टूट रहा था। उसने अपनी सहेली रानी से कहा कि आज वह बच्चों को देखने नहीं जायेगी। रानी उसका चेहरा देख समझ गयी, कि सुनीता किसी बात से परेशान है। रानी ने कहा, मुझे अपनी परेशानी बता दे, मैं तेरी सहायता करूँगी। विश्वास कर, तेरी बात किसी को पता नहीं चलेगी। सुनीता की आँखें भर आयीं। उसने शेखर की बातें उसे बताकर कहा—रानी, वह बदमाश है, और अगर मैं उसकी बातें नहीं मानूँगी। तो वह मुझे बदनाम कर देगा, इसी चिन्ता से मैं परेशान हूँ। क्या तू इसे हल कर सकती है?

रानी ने उत्तर दिया, हल तो वास्तव में मुश्किल है, पर हर समस्या का दूसरा पहलू भी होता है, हमें निराश नहीं होना चाहिए। हम दो दिमाग मिलकर इसका हल ढूँढ़ ही लेंगे। उसी समय दूर से शेखर आता दिखा—रानी बोली, शैतान का नाम लेते ही शैतान सामने है। अब तुम इसे बैठने मत देना, यह कहकर कि सरपंच जी आने वाले हैं, बच्चों की सुविधा के बारे में विचार करना है। तुम्हें यहाँ देखकर सवाल कर सकते हैं, वैसे भी तुम्हें मुझसे कोई काम तो है नहीं। शेखर जैसे ही पास आकर बैठने को हुआ, सुनीता ने ऐसा ही कहा, और शेखर ने भी समय की नज़ाकत को समझते हुए जाना ही उचित समझा। सुनीता ने चैन की साँस ली।

शाम का समय था। फ़ागुन का महीना था। ठण्डी-ठण्डी हवा चल रही थी। थोड़ी देर के लिए चिन्ता से मुक्त सुनीता कुछ गुनगुनाती हुई रानी से मिलने जा रही थी। यकायक किसी की बाँहों में अपने को पा वह चिहुँक उठी। उसने देखा वह एक सजीले नवयुवक की बाँहों में है, छटककर वह बाँहों से निकल गयी, और कठोर स्वर में बोली, यह क्या बदतमीज़ी है, देखकर नहीं चलते? युवक हँसकर बोला, वाह-उल्टा चोर कोतवाल को डाँटे। अरे, देवी जी, आप शायद नींद में चली जा रही थीं, यह तो कहिये, मैंने आपको बचा लिया, वरना गन्दे गड्ढे में गिरकर हड्डी तुड़वा लेतीं। युवक उस गाँव का नहीं दिखता था, क्योंकि सुनीता वहाँ के सभी लोगों को पहचानती थी। उसने प्रश्नवाचक दृष्टि से युवक को निहारा। युवक ने कहा, मुझे यहाँ देख आपको आश्चर्य हो रहा होगा। मैं इसी गाँव का निवासी हूँ। पाँच साल पहले मैं शहर पढ़ने चला गया था। मैं यहाँ के सरपंच जी का बेटा हूँ। कल शाम ही लौटा हूँ। मेरा नाम दिवाकर है। शहर में रहते-रहते जी ऊब गया था, और यहाँ की हवा मुझे खींच लायी। पर आप भी यहाँ नयी आयी लगती हैं। सुनीता ने शर्म से गर्दन नीची करके कहा, माफ़ कीजिये, गलती मेरी थी, मौसम इतना रंगीन था कि मुझे सुध ही नहीं रही। वैसे मेरा नाम सुनीता है, मैं कुछ ही दिन पहले यहाँ आयी

हूँ, और खेतों में काम करने वाली स्त्रियों के बच्चों की मैं देख-रेख करती हूँ। जो बच्चे कुछ बड़े हैं, उन्हें मैं पढ़ाती हूँ। इस कार्य में मुझे बहुत आनन्द आता है और समय भी व्यतीत हो जाता है। दिवाकर बोला, आपको कोई परेशानी हो तो मुझे बताइयेगा। और किसी को पिटवाना हो, तो भी बता सकती हैं, क्योंकि मैं जूडो-कराटे में पारंगत हूँ। ज़्यादा पढ़ा लिखा नहीं हूँ। पढ़ने का अधिक शौक नहीं है, पेट भरने लायक कमा लेता हूँ। मेरे घर में मेरे माता-पिता के अलावा एक छोटी चुलबुली-सी बहन है। आपके घर में कौन-कौन है। सुनीता की आँखें भर आयीं, बोली, मैं अभागिन हूँ, मेरा कोई नहीं है। जो थे, वे नहीं रहे। मैं अकेली हूँ, यहाँ आकर मैंने महसूस किया कि कुटुम्ब का सुख क्या होता है। यहाँ मुझे माँ-बाप-भाई बहन—सबका प्यार मिल गया है, एक दोस्त की कमी थी, वह आपने पूरी कर दी। सचमुच मैं बहुत भाग्यवान हूँ। बातों में सुनीता को पता ही नहीं चला कब शाम हो गयी, वह घबराकर बोली—मुझे बच्चों को देखना है फिर मिलूँगी। पीछे से मुस्कराती रानी बोली, लो अपने बच्चों को सँभालो और वो दिवाकर के साथ चली गयी। बहुत दिनों बाद सुनीता के होंठों पर मुस्कुराहट आयी थी। दिवाकर जैसा दोस्त पाकर अब उसे शेखर जैसे बदमाश से छुटकारा मिलने की आशा हो चली थी।

दूसरे दिन रोज़ की तरह शेखर आ धमका। आज सुनीता की आँखों में डर की जगह उपेक्षा का भाव था। शेखर को आश्चर्य हुआ कि इन आँखों में आज अवज्ञा का भाव कैसे आ गया, पता लगाना होगा। उसने बड़े प्यार से सुनीता से कहा—"सुनीता, मेरे रहते गाँव में तुम्हें कोई परेशान नहीं कर सकता" अभिमानपूर्वक शेखर बोला—तुम केवल इशारा कर दो, मैं समझ लूँगा उससे।"

सुनीता ने कोई उत्तर नहीं दिया। उसके चेहरे पर अवज्ञा का भाव देख शेखर समझ गया कि कोई मज़बूत सहारा सुनीता को मिल गया है। उसने पता लगाना शुरू किया तो उसे दिवाकर का पता चला। उसने सोचा, जल्द-से-जल्द इस काँटे को निकालकर फेंकना होगा, तभी उसकी दाल गल पायेगी। उसने सुनीता को बर्बाद करने की सोची।

अँधेरी रात थी। वह चुपके-चुपके सुनीता के कमरे की तरफ़ बढ़ा। यकायक वह चीख पड़ा, लोग भागे-भागे आने लगे। साँप को भागता देख सब समझ गये कि उसे साँप ने काट लिया है। रात को सुनीता के कमरे के पास उसे देख सभी समझ गये कि उसकी नीयत साफ़ नहीं थी। काफ़ी उपचार के बाद भी वह बच नहीं पाया, और सुबह होते-होते उसकी मौत हो गयी। सभी ने चैन की साँस ली, खासकर स्त्रियों ने। उसके शव को नदी में बहा दिया गया। क्योंकि गाँव वालों का विश्वास था कि साँप के काटे व्यक्ति को पानी में बहा देना चाहिए। अब स्त्रियाँ रात

को भी घर से बाहर निकलने में डरती न थीं। गाँव का माहौल ही बदल गया था।

आठ दिन शान्ति से बीत गये। एक रात एक सफ़ेद चोंगे में एक भयंकर छाया ज़ोर-ज़ोर से हँसती हुई कह रही थी, मैं भूखा हूँ, मेरे लिए खाना लाओ, नहीं तो मैं इस गाँव को जला दूँगा। गाँव वाले डर गये। वे समझ गये कि गाँव में किसी प्रेतात्मा ने प्रवेश किया है। अब वह प्रेतात्मा रोज़ ही सबको डराने लगी। स्त्रियों का घर से निकलना बन्द हो गया। रात होते ही गाँव में सन्नाटा छा जाता। कभी वह प्रेत शेर बन जाता, तो कभी कुत्ता। सुनीता के कमरे के पास आकर वह भयंकर अट्टहास करता, तो कभी कुत्ता बनकर गुर्राता। सुनीता की रातों की नींद हराम हो गयी।

दस दिन इसी प्रकार बीत गये। प्रेत रोज़ नये खाने की फरमाइश करता। गरीब गाँव वाले परेशान हो गये थे। एक दिन सुनीता ने दिवाकर से कहा, मुझे लगता है, दाल में कुछ काला है। यह प्रेत मेरे पीछे ही क्यों पड़ा है? गाँव में एक-से-एक सुन्दर लड़कियाँ हैं। यदि शेखर जिन्दा होता तो हम सोचते कि यह उसी का काम है, पर वह तो मर चुका है। किसी और आदमी की शरारत हो नहीं सकती क्योंकि गाँव में हम लोगों का कोई दुश्मन तो है नहीं। इसलिए लगता है कि कोई भूत-प्रेत नहीं है, बल्कि साधारण मनुष्य है, जिसको भूख लगती है। चलो पता करते हैं। आप एक नकली पिस्तौल ले आओ। प्रेत होगा तो डरेगा नहीं, और यदि साधारण मनुष्य होगा तो डरकर भाग जायेगा। गाँव के कई लोगों को उसने यह योजना बतायी। पहले तो वे राज़ी नहीं हुए। फिर दिवाकर ने कहा, आप लोग छुप के बैठिये। जैसे ही वो सुनीता के घर के आस-पास चक्कर काटेगा, आप घबराइयेगा नहीं, मैं नकली पिस्तौल से फ़ायर करूँगा। यदि सचमुच प्रेत हुआ तो मेरी तरफ़ बढ़ता रहेगा और यदि वह भागने लगा, तो आप सब उसे पकड़ लेना।

रात अँधेरी थी। प्रेत के आने का समय हो चुका था। सब सतर्क होकर बैठ गये थे। प्रेत आया, उसकी शक्ल शेर के जैसी लग रही थी। पहले तो छिपे हुए गाँव वाले डरकर पीछे हट गये। प्रेत को देखते ही दिवाकर ने हवाई फ़ायर किया। पिस्तौल की आवाज़ सुनते ही प्रेत डर के मारे भागने लगा। जल्दी में मुखौटा गिर गया। अब तो वह साफ़ मनुष्य दिखने लगा। गाँव वालों की हिम्मत बढ़ी। उन्होंने उस आदमी को दबोच लिया। रोशनी जलाई गयी। प्रेत की शक्ल देखकर सब चकित हो गये। और एक दूसरे का मुँह ताकने लगे। वो और कोई नहीं, शेखर ही था, जिसे मरा हुआ समझकर गाँव वालों ने पानी में बहा दिया था। शेखर घिघियाता हुआ बोला, मुझे मारना मत। उसके यह कहने से पहले ही, उस पर काफ़ी जूते पड़ चुके थे। गाँव वालों ने पूछा, तू तो मर गया था शेखर?

शेखर हाथ जोड़कर बोला, मैं पूरा किस्सा सुनाता हूँ। कहते हैं, साँप के काटने पर पानी फेंकने में पर उसका ज़हर चला जाता है। मुझे मरा हुआ समझ आपने पानी में फेंका होगा। पानी में बहते-बहते मैं किनारे से लग गया, तब तक मेरा ज़हर निकल चुका था और मैं साधारण मनुष्य की तरह स्वस्थ था। सुनीता को मैं अपनी बनाना चाहता था, पर बीच में दिवाकर आ जाता था। मैं दिवाकर और सुनीता को सज़ा देना चाहता था। इतने लोगों को डरा-धमकाकर मैं प्रेत बन गया और मेरा नाटक सफल हुआ। कुछ दिनों तक नाटक करते-करते मैंने सोचा कि मैं सुनीता को उठा ले जाऊँगा, इस बीच दिवाकर ने सब गुड़ गोबर कर दिया। गाँव वाले अन्धविश्वासी थे, इसलिए मुझे पकड़ नहीं सकते थे पर दिवाकर शहर का रहने वाला था, तथा शिक्षित था। यदि वो न होता, तो मैं पकड़ा नहीं जाता, और सुनीता को लेकर निकल जाता। अब मैंने सच्ची घटना बता दी है, मुझे छोड़ दो। गाँव वालों ने यह सुनकर और पिटाई शुरू कर दी। मार-मारकर उसकी टाँगें तोड़ दी गयीं, ताकि वो कभी भी कोई काम न कर पाये। इस तरह प्रेत के डर से सहमे लोगों ने निश्चिन्ती और सन्तोष की साँस ली।

गाँव वालों ने कहा, 'बुरे कर्मों का बुरा नतीजा'।

❑❑❑